# 女房を娶《めと》らば

## 花川戸町自身番日記

辻堂 魁



祥伝社文庫

# 目次

# 『女房を娶らば』の舞台

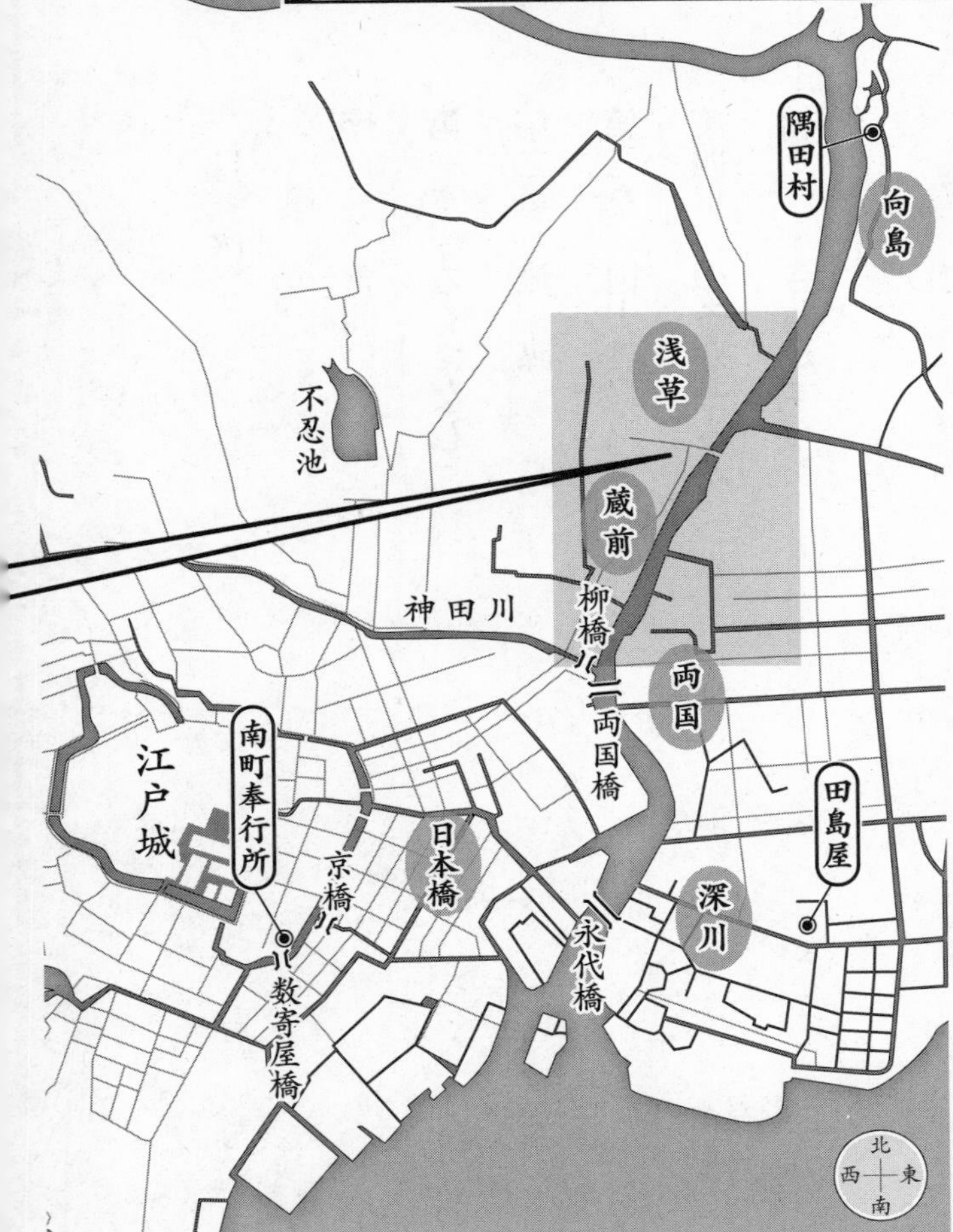

隅田村
向島
浅草
不忍池
蔵前
柳橋
神田川
両国
両国橋
南町奉行所
江戸城
田島屋
日本橋
京橋
深川
永代橋
数寄屋橋
北
西
東
南

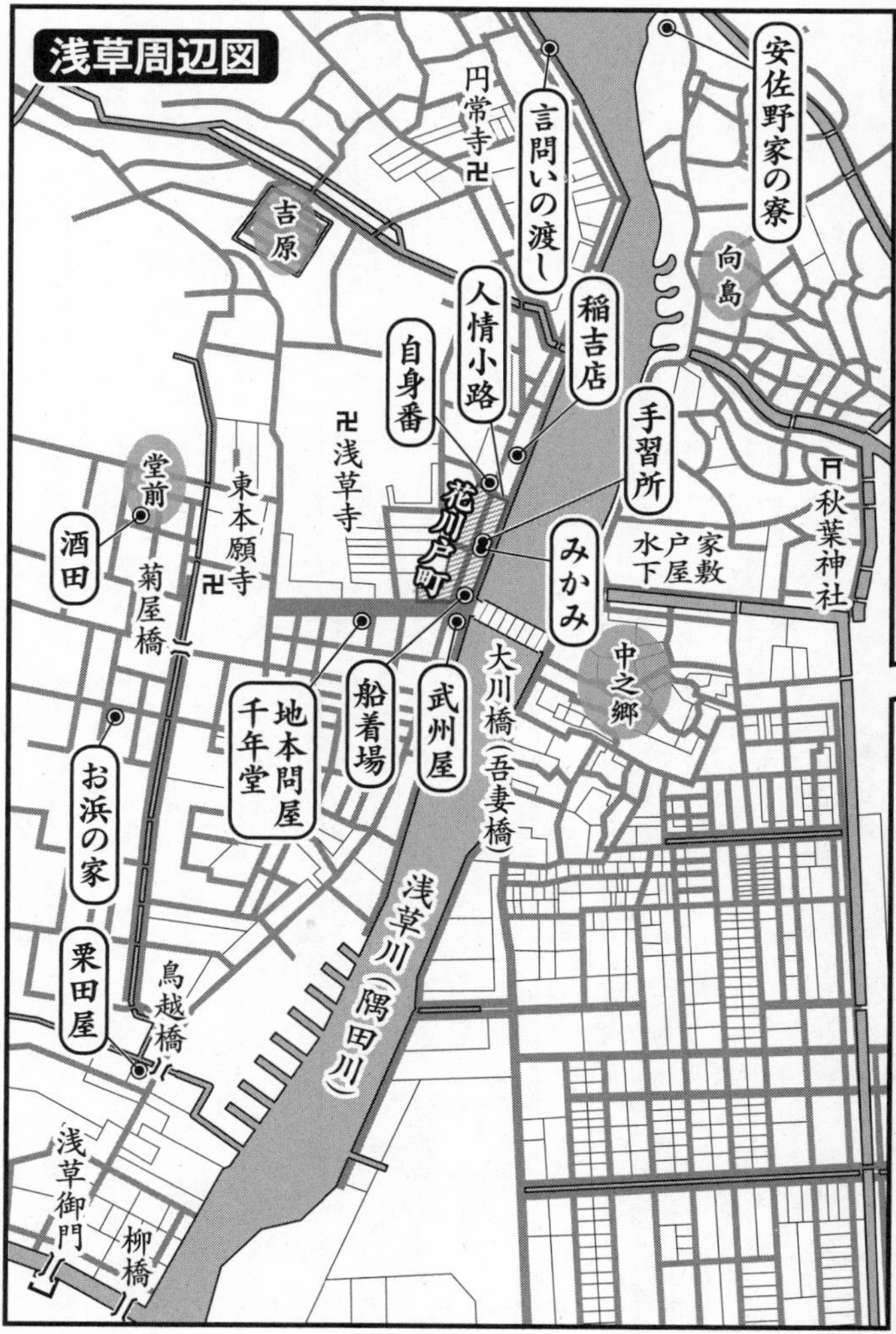

浅草周辺図
安佐野家の寮
言問いの渡し
円常寺
吉原
向島
稲吉店
人情小路
自身番
浅草寺
手習所
花川戸町
みかみ
水戸家下屋敷
秋葉神社
堂前
酒田
東本願寺
菊屋橋
中之郷
大川橋（吾妻橋）
武州屋
船着場
地本問屋千年堂
お浜の家
浅草川（隅田川）
栗田屋
鳥越橋
浅草御門
柳橋

地図作成／三潮社

# 序　言問《こと》い

一

九月の末近い夜更《よふ》け、隅田川《すみだがわ》の《言問《こと》いの渡し》を向島《むこうじま》より浅草橋場《あさくさはしば》町へ戻る渡し船が、隅田《すみだ》堤に寮《りよう》を構える寄合旗本《よりあいはたもと》・安佐野《あさの》家の客をひとり乗せて、川筋に寂《さび》しげな櫓《ろ》の音を響かせていた。

夜空には星ひとつ輝いておらず、闇《やみ》と静寂《せいじやく》に閉ざされた川面《かわも》よりたちのぼる冷たい湿《しめ》り気が、その夜の安佐野家の客の火照《ほて》った頰《ほお》にじゃれついているばかりだった。

川向こうの橋場町には渡し場が二つあった。

ひとつは今戸《いまど》町に近い町の南方から向島の寺島《てらじま》村への渡し。もうひとつは江戸三ヵ寺《さんかじ》の一宇《いちう》・曹洞宗総泉寺《そうとうしゅうそうせんじ》のある町の北方より隅田村《すだ》水神社《すいじんじゃ》の側《そば》へ渡す渡し場である。

千住《せんじゅ》大橋が架《か》かるまでは、橋場町の北の渡し場は奥州《おうしゅう》街道《かいどう》筋にあたっており、対岸の向島では《言問いの渡し》とも呼び慣《な》らわされていた。

夜更けのその刻限、櫓を漕《こ》ぐのは日中の渡し船の船頭ではなく、安佐野家の寮の中間《ちゅうげん》が近在の百姓を雇い整《ととの》えた百姓渡しで、夜更けに戻る客を提灯《ちょうちん》を提《さ》げて渡し場までいつも送ってくる寮の中間は、半年ほど前より櫓を握る隅田村の百姓・民吉《たみきち》の顔はよく知っていた。

ところが、その夜の船頭は見覚えのある民吉ではなかった。

「お？　民吉ではねえのか」

中間は安佐野の提灯をかざし、縞《しま》の半纏《はんてん》を男帯《おとこおび》で縛《しば》り、股引《ももひき》、素足《すあし》に草鞋《わらじ》、目深《まぶか》に頬かむりをした民吉よりだいぶ若そうな男の顔を照らした。

「へえ。民吉が腹の調子がよくねえと言いやすんで、今夜はあっしが代わりを務《つと》めさせていただきやす。お客さん、どうぞ足元にお気をつけなすって」

船頭は提灯の明かりがまぶしそうに頬かむりの顔をそらし、慣れた仕種《しぐさ》で川縁《かわべり》の渡し板から小縁《こべり》に片足をかけた。中間は不審《ふしん》に思わず、

「そうかい。では、《吉田屋《よしだや》》さん、どうぞお気をつけなさいまして」

と、客に提灯を手渡した。

「うん、またな」

と、乗りこんで胴船梁《どうふなばり》に腰を下ろした客は、安佐野の家政《かせい》をとり仕きる用人《ようにん》・本庄虎右衛門《ほんじょうとらえもん》とは懇《ねんご》ろの、馬喰町《ばくろちょう》で読売屋《よみうりや》を営んでいる男だった。

昔は両国《りょうごく》盛り場の遊び人だったのが、十数年前、「瓦版は実事《じつじ》かどうかじゃねえ。興味をひくかひかねえかだ」と読売屋を始めてから急に金廻《まわ》りがよくなり、今では表通りとはいかずとも、裏通りに読売屋と地本問屋《じほんどんや》を構える性根《しょうね》の相当練《ね》れた男だった。

川縁から流れへ船を押し出すとき、手間取って船縁《ふなべり》を叩《たた》く波が乱れたけれど、対岸の渡し場の常夜灯《じょうやとう》や、ちらほらとわずかに灯《とも》る町明かりを眺《なが》め、「ふああ」と暢気《のんき》なあくびをもらしただけで、それぐらいの不手際《ふてぎわ》は気にとめなかった。ただ、

「両国まで下りやすか。それとも橋場町まででよろしゅうございやすか」

と、船頭の方から訊《き》いてくるだろうと思っていたのに、暗い流れへ船が乗り出し櫓を軋《きし》ませ始めてからも船頭は黙っているので、少し物足りなく感じた。

客は普段、船頭に心づけをはずんで両国まで大川《おおかわ》を下らせた。

だが、その夜は橋場町の真崎《まさき》神社裏に囲った妾《めかけ》の店《たな》へ泊る目当てがあった。三《み》月《つき》ごとの手当てを妾に渡す日だったのだ。

「橋場へ、やってくれ」

背後の櫓の音へ言葉を投げ、静かな川面を提灯で照らした。

船縁をゆるやかな波紋《はもん》が後ろへなびいていった。

「橋場に、寄りたいところがあってな」

提灯の照らす波紋を横目で追いつつ、客は気《け》だるく言わずもがなのことを言った。

船頭が「そいつあお楽しみで」とか「承知いたしやした」とか、かえしてくるものと思っていたのに、船頭は「へえ」とも「ふむ」とも応《こた》えなかった。

無愛想《ぶあいそう》な野郎だ……

そう思って、背後へ一瞥《いちべつ》を向けたとき、船頭は櫓を櫓杭《ぐい》からはずし艫《とも》に引き上げているところだった。ごと、ごと、と艫の床が鳴った。

「どうした」

訊《たず》ねても船頭は応えず、艫に屈《かが》んで櫓を静かにおいた。

すぐに勢いを失った船が、ゆらりと流れに任せ始めた。

「櫓杭の具合でも、悪くなったかい」

客は少し苛《いら》ついた。何をしていやがるんだ、と若い船頭の煮《に》えきらぬ素《そ》ぶりに舌打ちをした。

ところが櫓をおいて身を起こした船頭の手に光る物が見え、それがすぐに匕首《あいくち》と知れて呆然《ぼうぜん》とした。

船頭は小腰をかがめた恰好《かっこう》で艫《とも》船梁をまたぎ、一歩、二歩、さなをゆらした。

「おまえ……」

言いかけた客の喉首《のどくび》へ匕首が突《つ》きつけられ、

「ししし、静かにしろ。懐《ふところ》の金を渡せば命は取らねえ」

と、きりきりした震《ふる》え声を絞り出した。

客は、匕首を突きつける船頭の手際の悪さに恐怖よりもあやうさを覚え、上体を反《そ》らせた。

「あぶない、あぶない。わかったから、落ち着け」

さすがに、提灯をかざす手が震えた。

目深な頬かむりの下に、こけた頬と形のいい鼻筋、無精髭《ぶしょうひげ》の生《は》えた口元が見えた。

客は懐から妾に渡す三月分の手当が重たい革の財布を出した。それを船頭が片方の手で鷲《わし》づかみにした。財布の中で金貨銀貨、そして銭が鳴った。

中身を確かめもせず、財布を懐にねじこむ船頭の仕種を見れば、こういう仕事に慣れていないのは明らかだった。

「いいだろう。ち、提灯を消せ」

震え声を忍ばせ、客の首筋へ冷たい刃《やいば》を当てた。

思っていた以上に背の高い男だった。

客は提灯の灯を吹き消した。

「騒ぐんじゃ、ねね、ねえぞ」

船頭の影が後ろ足に艫へ戻った。

櫓を持ち上げて、ごと、ごと、と櫓杭にかけ直す気配がした。

再び櫓が軋んで、河岸場《かしば》の常夜灯より川下へだいぶ流れた船を、ゆるゆると戻し始めた。

「おれは安佐野さまの客だぞ。おまえ、それがわかっていやがるのか」

客は胴船梁へかけたまま、船頭の影へ言った。

船頭は黙って櫓を漕いでいた。

「用人をお勤《つと》めの本庄虎右衛門さまは厳しいお方だ。どこのどいつか知らねえが、本庄さまはおまえのことをお許しにならねえだろう。どこへずらかろうと必ず見つけ出されて始末される。おまえはもう終《お》わりだ」

客のくぐもった声が、暗闇に染まった船の周りに低く響いた。

「おまえ、本庄虎右衛門さまがどういうお方か、知ってこんなことをやっているのか。ふん、いい度胸じゃねえか」

船頭はやはり黙っていた。

「いいか。本庄さまはな、てめえのお役場を荒らされて落とし前をつけねえですますようなお方じゃねえんだ。どこまで逃げられるか。ま、それまでせいぜい娑《しゃ》婆《ば》の暮らしを味わっておきな」

「黙ってろ。死にてえか。ここで始末できるんだぞ」

甲《かん》高い震え声に怒《ど》気《き》を含んでいた。

客は脅《おど》しすぎてかんしゃく玉を破裂させてはまずいと思い、口をつぐんだ。

ただ、小物が不《ふ》相《そう》応《おう》な真似《まね》をしやがって、と小声で吐《は》き捨てた。

船が橋場町の渡し場に近づいた。

雁木《がんぎ》の上の常夜灯の薄明かりが渡し場をぼうっと浮かびあがらせる以外、あたりは真っ暗だった。隅田川も堤も暗闇の中に沈んでいた。

船頭は櫓を棹《さお》に持ち替え、船縁を渡し板へ、ごとん、と当てた。

「あがれ」

船頭が杭をつかんで命じた。

客は草履《ぞうり》を鳴らし、渡し板に佇《たたず》んだ。

船頭は目を合わさないように用心しつつ棹を突いた。

船は渡し場からすぐに離れていった。

客は口元に薄笑いを浮かべ、船がゆるやかに隅田川の暗闇にまぎれていくのを見守った。

「生きたおまえの顔は、これで見納《みおさ》めだな」

客は最後に腹だちまぎれの悪態《あくたい》をついたが、船頭はもう応えなかった。

すぐに船頭も船も見えなくなり、櫓の軋む音だけが闇の中から静かに聞こえてきた。

四半刻《しはんとき》（約三〇分）後、安佐野家の寮の中間が別の客の帰り船を整えるため、船が戻ってきているかどうかを言問いの渡しへ確かめにきた。

だが、渡し船はまだ戻ってはいなかった。

どうせならさっきの吉田屋の主人と一緒にしてくれりゃあ手間が一度ですんだのによ、と中間は冷えこみに肩をすぼめて渡し板に佇み、暗い川筋へ提灯をかざした。

そこへ、真っ暗な河原の方より小藪《やぶ》のざわめきと何かのうめき声のようなものが聞こえてきて、中間はぞっとした。

なんだ？　ぞっとしたけれど好奇心もそそられた。

提灯を高く掲《かか》げ、音のする方へ恐る恐る近寄っていった。気色《きしょく》の悪いうめき声が人のものらしいのが、近寄るにつれわかってきた。

中間は河原の空木《うつぎ》の小藪へ提灯を差し出した。

「誰だ。誰かそこにいるのか」

小藪の中のうめき声が大きくなった。

中間は枝葉を、ざざ、とかき分けた。

提灯の明かりが、手足を縛《しば》られ猿轡《さるぐつわ》を咬《か》まされた恰好で空木の根方《ねかた》に転がされている男を照らした。中間は唖然《あぜん》とした。

「あ、おまえ……」

うめき声の男は隅田村の百姓・民吉だった。

# 第一章　ろくでなし

一

「おはようございます」

可一《かいち》は腰障子《こししょうじ》に花川戸《はなかわど》町と山之宿《やまのしゆく》町と記した表戸を開けた。

「おおっす」

「おはよう」

「……ございやす」

店番の薬種問屋《境屋《さかいや》》の勘三郎《かんざぶろう》さん、当番の宇兵衛《うへえ》さん、《大和寿し《やまとずし》》の勇吉《ゆうきち》さんが、火鉢《ひばち》の周りから顔を向けた。

三人が火鉢の周りで吹かす煙管《キセル》の煙が、朝の光の中で薄青色《うすあおいろ》にゆれていた。

火鉢には黒い鉄瓶《てつびん》が架かり、そそぎ口から薄っすらと湯気がのぼっている。

ひとりひとりに「おはようございます」と明るく繰りかえし、可一は上がり框《かまち》から入り口の衝立《ついたて》をよけて六畳へ上がった。

壁にかかった町内提灯《ぢようちん》の下の文机《ふづくえ》に弁当や本を包んだ風呂敷《ふろしき》包みをおき、兄の良助《りようすけ》から譲《ゆず》り受けた黒紬《つむぎ》の羽織を脱《ぬ》いで衣桁《いこう》にかけた。

六畳間の奥は三畳ほどの板敷《いたじき》があり、両開きの腰障子で間仕切《まじきり》してある。町内に縄《なわ》つきが出たときは、町方《まちかた》へ引き渡すまで壁のほたにくくりつけておく。

「ごめんなさい」

可一は火鉢の周りの輪に加わり、鉄瓶の湯を急須についで茶を淹《い》れた。

「可一さん、聞いたかい。夕べ遅く、橋場町の渡しで追剝《おいは》ぎが出たんだってよ」

大和寿しの勇吉さんが煙管に新しい刻みをつめながら言った。

「追剝ぎが？　いえ、知りませんでした。橋場町なら近いじゃないですか」

「そうなんだ。明け方に知らせが廻《まわ》ってきてさ。ちょっと騒がしかったんだ」

境屋の勘三郎さんが煙管の雁首《がんくび》を煙草《たばこ》盆の灰吹《はいふ》きにあて、吸殻《すいがら》を落とした。

「追剝ぎに遭《あ》った方は、無事なんですか。それとも……」

「幸い、怪我人《けがにん》や死人は出なかったようだがね。追剝ぎは、言問いの渡しから橋場町へ渡す船頭に化けていたらしい」

当番の宇兵衛さんが言った。

宇兵衛さんは五人組の町役人《ちょうやくにん》で、三人の中では一番の年嵩《としかさ》である。

「渡しの船頭が向島の河原で猿轡《さるぐつわ》を咬《か》まされ縛られていたのが、見つかったそうだ」

と続けて、長煙管を吹かした。

「渡しの船頭になりすましたんですか。手がこんでいますね」

「わざわざ船頭になりすましたってことは、渡しの客の懐《ふところ》がよっぽどあったかいって知っていたんだよ」

勇吉さんが刻みをつめた煙管を可一へ向けてふった。

「それに、夜更けの刻限に狙《ねら》った客がひとりで橋場町へ戻る渡しに乗ることも知っていた。だからまず船頭を襲って縛り上げた」

勘三郎さんは吸殻を落とした煙管をぷっと吹いた。

「そういうことまで知っているのは、事情に詳しい仲間内の仕業《しわざ》、あるいは仲間内とかかわりある者の仕業、と考えるのが順当な見方だ。当然、怪《あや》しい者は限られてくる。この件は案外早く方《かた》がつくよ」

宇兵衛さんが事情を知ったふうに言うと、勘三郎さんと勇吉さんはそろって、ふむふむ、と頷《うなず》いた。

「けど、町内で起こった件じゃないのでわたしらは見守るしかありませんね」

「町方《まちかた》より町内の訊《き》きこみのお指図ぐらいはあるかもしれない。そうなると少し忙しくなるかもな。可一の仕事も増えるぞ」

ははは……と宇兵衛さんは、大しておかしくもないのに笑った。

可一は湯呑《ゆのみ》を両 掌《りようてのひら》で支え、ひと口含んだ。そして、

「仲間内って、一体、どこの誰が追剝ぎに狙われたんですか」

と、宇兵衛さんから勘三郎さんと勇吉さんへ顔を廻した。

「そこなんだよ。わたしらもさっきからそれを話していたんだ。宇兵衛さん、可一さんにそこのところを話してやってください」

勇吉さんは火皿を火の熾《おこ》る炭に当てて、煙管に火をつけた。

「ふむ。可一は隅田《すだ》村の安佐野さまの寮を知っているかい」

宇兵衛さんは腕組みをし、長煙管をつまんだ肘《ひじ》をたてた。

「知っています。三味線堀《しやみせんぼり》の寄合席の安佐野さまでしょう」

「そう。三味線堀の安佐野さまだ。なら、隅田村の安佐野さまの寮で、じつは夜

な夜な賭場《とば》が開かれているのも知っているな。向島の小百姓相手の賭場ではなく、下町の大店《おおだな》や老舗《しにせ》の旦那衆、お武家や坊さんが定客《じょうきゃく》に多い高級な賭場を売り物にしている」

はい——と可一は頷いた。

「あそこはお旗本の寮だから、町方の支配外だ。よって寮で夜な夜な開かれている賭場は、噂《うわさ》は聞こえても町方には手が出せない。お金持ちの旦那方は、安佐野さまの賭場なら安心して遊べるわけさ」

勇吉さんがつけ足した。

「追剝ぎに遭ったのは馬喰町の読売屋だ。羽《は》ぶりのいい賭場の定客らしい。読売屋は景気がいいんだね。昨夜は五ツ半（午後九時頃）すぎに寮を出て、言問いの渡し場から橋場町へ渡る途中の災難だった。むろん安佐野さまが用意した船だし、船頭も隅田村の百姓でいつも安佐野さまの用を受けている顔見知りのはずだった」

「すると、追剝ぎは安佐野さまの客が裕福な人が多いと知っていて、船頭を襲って自分が船頭になりすまし賭場帰りの裕福な客を待っていた。そこへ偶然、読売屋が現れたわけですね」

「それが偶然とばかり言えないところが味噌《みそ》さ」

と、勇吉さんがまた口を挟んだ。

「ふむ。読売屋はいつもは九ツ（深夜零時頃）ごろまで遊んで、それから安佐野さまの用意した船で両国まで帰るんだ。だが、昨夜は橋場町に抱えるお妾《めかけ》のところへ三月《みつき》に一度のお手当てを渡す決まった日だった。そのため読売屋は寮をいつもより早く出て橋場町へ向かった。賭場で散財しても、お妾に渡す手当ては手つかずだ。つまり賊《ぞく》は読売屋がお妾に手当てを渡す日を前から知っていて、その懐を狙ったと思われる」

「そうそう。九ツの帰り船だと相客《あいきやく》もいる。読売屋がお妾の店へいく日はほぼ間違いなくひとりだから仕事がしやすいということも、賊は知っていたのさ」

勘三郎さんが湯吞をあおった。

可一は鉄瓶の湯を急須につぎ足し、それを数回ゆすって勘三郎さんの湯吞に
「どうぞ」とそそいだ。それから宇兵衛さんと勇吉さんの湯吞にも急須を廻した。

「どうも、すまないね」

宇兵衛さんは腕組みをといて湯吞をとり上げた。

「お妾にお手当てを渡す日まで知る者は、安佐野さまの中でもそう多くはいない

だろうし、外の者なら読売屋と相当親密な間柄だろう。そこから推量していけば目星はつく。だから賊がお縄になるのにときはかからない」

この件は早く方がつくと、わたしは見ているね——と宇兵衛さんは繰りかえし、勘三郎さんと勇吉さんも、ふむふむ、とまたそろって頷いた。

「でも、馬喰町の読売屋には気の毒ですが、町内の方が災難に遭われなくて、不幸中の幸でしたね」

と言った可一に、宇兵衛さんは「まったくだ」と小首をふった。

「町内にも安佐野さまの賭場に入り浸っている旦那方がいるみたいだからね。《柏村《かしむら》》の宗右衛門《そうえもん》さんなんかもずいぶん遊んでいるって聞くし。まあ、表通りに相応のお店《たな》を構える旦那方が、実情は別にして表向きはご法度《はっと》の賭場に出入りするのは、どういうものかね。賭場の帰りに追剝ぎに遭ったなんて世間に知れたら、お店の名に瑕《きず》をつけることになる。可一もそう思うだろう」

と言っても、町役人を務める家主の宇兵衛さんは、そんなお金持ちで地主の旦那方に雇《やと》われている使用人でもある。

可一は、そうですね、と相槌《あいづち》を打ち、三人の輪からはずれて文机の前に戻った。文机には町入用《ちょうにゅうよう》の帳簿《ちょうぼ》と算盤《そろばん》、硯箱《すずり》、それに自身番日記が重ねてある。

湯呑をおき、弁当や本をくるんだ風呂敷包みを脇へ下ろした。

硯箱を手前に引き、墨《すみ》をすった。

可一は、花川戸町と山之宿町の最合《もやい》の自身番《じしんばん》の、書役《かきやく》に就《つ》いている。

書役は自身番に常勤する町内雇いの使用人である。

町役人の寄合の書記掛《がかり》、三年目ごとに町奉行所と名主《なぬし》の善兵衛《ぜんべえ》さんへ提出する町内の人別《にんべつ》改め、小間割《こまわり》で家主に請求する町入用の勘定、などが書役の主な仕事である。

書役が町入用を家主に請求し、家主は地主へ請求する。

給金は半季や一季雇いの下男奉公《げなんぼうこう》より幾ぶんましな年数両ほどが、その町入用から支給される。

可一が名主の善兵衛さんから、「代わりが見つかるまでやってみないか」と自身番の書役の仕事を頼まれたのは、足かけ三年前の二十五歳のときだった。

書役にも売り買いの対象になる株はあるものの、読み書き算盤ができなくてはならない仕事柄、誰でもというわけにはいかない。

それで、ぶらぶらして暇《ひま》そうに見えた可一に役目が廻ってきた。

可一は勝蔵院《しょうぞういん》脇で三代前から紅屋《べにや》を営む《入倉屋《いりくらや》》の次男坊である。

家業は五歳上の兄・良助が嫁をもらったのを機に継《つ》いでおり、両親は町内の少しばかりの地面の地主として家作《かさく》を幾つか持つ身の隠居《いんきょ》暮らしだった。

去年、しっかり者の兄夫婦に念願の初孫ができ、家業の商《あきな》いもまずまずでつつがない毎日の両親の唯一の心配のたねが、可一の行く末だった。可一が、

「わたしは物書きになります……」

などと、突然やくざなことを言い出したのは十八のときだ。

今でこそ町内自身番の書役に雇われ自分の小遣《こづか》いぐらいは稼《かせ》いでいるけれど、それまでは家業を手伝おうともせず、部屋に閉じこもって本読みと物書き修業に明け暮れるすねかじりの日々を送っていたのである。

小さいころから本好きで、本ばかり読んでいる子供だった。

目のくりくりした可愛《かわい》らしい顔だちに手のかからない優しい気だてを慈《いつく》しんだ両親は、次男坊ということもあって甘やかして育てたのが悪かったのか、と今さら悔《く》やんでも遅かった。

可一は去年、東仲町《ひがしなかまち》の地本問屋《じほんどんや》《千年堂《せんねんどう》》より、花川竜馬《はなかわりようま》の筆名で『残菊有情乱月之契《ざんぎくうじようらんげつのちぎり》』という読本《よみほん》を板行《はんこう》した。

竜は曲亭馬琴《きよくていばきん》の本名の滝沢《たきざわ》の滝から取り、馬は式亭三馬《しきていさんば》の馬から取った。

自信作だったが売れ行きは今ひとつだった。千年堂の嘉六《かろく》さんの評価は手きびしかった。今年の秋の初め、半年がかりで書き上げた二作目の『愁説仇討紅椿奇談《しゅうせつあだうちくれないつばききだん》』が板行になって、それが前作より少し評判がよく、嘉六さんの評価も少し上がった。

そういうものである。

今は第三作目に取りかかっている。

「先生、三作目が勝負ですぜ。物書きとしてやっていけるかどうかは三作目が正念場《しょうねんば》だ。期待してやすからね」

嘉六さんは言った。

物書きとしてやっていけるかどうか、先のことは誰にもわからない。両親が「このままでは嫁ももらえないよ、困ったね」と頭を抱えているのはわかっている。いつの間にか二十七歳になった。ときは儚《はかな》く無為《むい》にすぎてゆく。不安もある。

けれど、可一の身体《からだ》に騒ぐ血は鎮《しず》まらなかった。

くじけるな、可一、と墨をすりながら自分を励ました。

三年前、善兵衛さんより書役の話があったとき、小遣いぐらいは自分で稼がなきゃあ、と臨時に引き受けた。

勤めるならなぜ家業をやらん、と母親に不満をもらした父親も、はた目には何もせずぶらぶらしているふうに見える可一の暮らしぶりを、ご近所に体裁《ていさい》が悪いと思ったらしく、結局、反対しなかった。

書役の仕事が存外自分に合っている、と思ったのは勤めを始めてからだ。町内の出来事やもめ事などに気を配る仕事は、物書きの好奇心をちょっとくすぐられたし、様々な人々の暮らしぶりに接して、改めて人間というものの習い事を始めた気分だった。

もう一年、もう一年、と善兵衛さんに勧められるまま続け、今年も早《は》や秋の終りになった。

可一は墨をおき、帳簿に重ねた自身番日記をとり出した。

白い表紙に《花川戸町　山之宿町》と記した自身番日記を開いた。

自身番日記はどこの自身番にも備えておくのが定めの、人別帳とは別に町内の出来事をすべて記録しておく日誌で、書役にはこの自身番日記をつける役割もあった。

可一は筆をにぎって墨を含ませた。

そうだ、午後はお志奈《しな》の裏店《うらだな》に顔を出してみよう、と思い出した。
新しい紙面に黒々と筆を走らせた。
九月二十八日　本日天気晴朗《せいろう》　江戸《えど》市中御不動様縁日《しちゆうおふどうさまえんにち》
と、その朝の自身番日記は始まった。

二

可一は間口《まぐち》二間《けん》（約三・六メートル）奥行三間（約五・四メートル）の自身番の出入り口前の玉砂利《じやり》にかしゃかしゃと下駄《げた》を鳴らし、軒庇《のきびさし》を出た。

自身番の前を、花川戸町、隣の山之宿町を南北に表通りが貫いている。

この表通りは、はるか北の奥州へとつながる奥州街道でもある。

雷門《かみなりもん》前を東西に続く浅草広小路《あさくさひろこうじ》は、広いところで道幅八十九間（約一六〇メートル）もあって大目《だい》抜き通りになっている。

広小路の東のいき止まりが大川橋とも呼ばれる吾妻橋《あづまばし》。

その大川橋の少し手前より北へ折れる表通りの東西両側に、浅草川（隅田川）に沿う形で花川戸町は町家をつらねている。

入り口に木戸があって、木戸ぎわに六地蔵《ろくじぞう》を彫りつけた古い石灯籠《いしどうろう》が建っている。

浅草川の西河岸は、川越《かわごえ》と結ぶ新河岸川《しんがしがわ》やさらに北の武州《ぶしゅう》と結ぶ荒川《あらかわ》の舟運《しゅううん》の船着場や浅草寺《せんそうじ》の物揚場《ものあげば》になっている。

花川戸町、山之宿町とも町方支配地だが、浅草寺領である。

自身番はその表通りの花川戸町と山之宿町の境の辻《つじ》に建っていて、桟瓦《さんがわら》を葺《ふ》いた自身番の屋根の物見台《ものみだい》より、火の見の梯子《はしご》が空へのびている。

辻より東側の浅草川の方へ折れる通りは人情小路《にんじょうこうじ》と呼ばれている。

なぜ人情小路と呼ぶのか、正しい謂《い》われは知らない。

昔、この通りで刃傷沙汰《にんじょうざた》があり刃傷小路だったのが、いつしか人情小路と呼ばれるようになった、とも聞いたが定かではない。

可一は表通りを横切り、人情小路へとった。

両側に小店《こだな》が軒をつらねている小路を、雲がのんびりと浮かぶ秋空が包んでいた。

菓子所、ろうそく問屋、乾物ものおろし、雪駄《せった》下駄、日がさ竹笠《たけがさ》菅笠《すげがさ》屋、御茶処、鼻紙煙草入れ所、の店先《たなさき》に下駄を鳴らしつつ、おかみさんやご亭主と「こんにちは」「どうも」……などと会釈《えしゃく》やら挨拶やらを交わしてゆく。

みな可一が物心ついたときからの顔見知りばかりだ。

小路をゆく人通りも、青空の下で心なしかのんびりとして見えた。

小路の途中の路地を、山之宿町の方へ折れた。

板壁の間の薄暗い路地の奥に木戸があり、木戸の奥がお志奈と三太郎《さんたろう》の住まいのある稲吉店《とうきちだな》である。

どぶ板が通っていて、木戸から小さな子供たちが喚声を上げながら走り出てきた。

木戸をくぐり、五軒長屋《ごけんながや》と四軒長屋が二棟向き合った路地のどぶ板を鳴らした。

井戸の脇に槐《えんじゆ》の木が葉を散らしている。

「ごめん、お志奈、いるかい」

三軒目の腰高障子の前で声をかけたが、返事はなかった。

「お志奈、可一だよ。開けていいかい」

やはり返事はなかった。

可一の声を聞いて、隣の瓦《かわら》職人の正助《しょうすけ》さんのおかみさんが顔を出した。

「どうも可一さん、お志奈ちゃんは住みこみの勤め口が見つかって、ここしばらく戻ってきていませんよ」

「そうですか。住みこみの……」

と、可一はおかみさんに会釈をかえした。

「三太郎も、戻っていないんですか」

「三ちゃんならいると思いますけど。夕べ遅く戻ってきて、ごそごそ物音がしていましたから。まだ寝ているんじゃないですか」

おかみさんはいそいそと出てきて、掌《てのひら》で障子を叩《たた》き、

「三ちゃん、可一さんが見えたよ。開けるよ」

と声をかけ、表戸をそおっと開けた。

狭い土間に明かりが差し、板敷が黒く見えた。

三畳ほどの板敷に襖《ふすま》が閉じてあって六畳の部屋が続いている。裏庭はない。

棟割《むねわり》長屋の裏店は、みな似た作りである。板敷があるかないか。部屋が四畳半か六畳か。小さな裏庭がついているかいないか。少し家賃が高くなると、二階にひと部屋か二部屋がある住まいになる。

みな貧しくとも、せめて小さな庭と二階のある家に住みたいと思っている。

「三ちゃん、もう昼をすぎたよ。起きな」

おかみさんが土間に入って声を上げ、ややしばらくして襖の向こうから「あふ……」と寝ぼけた返事が聞こえた。

「番所の可一さんだよ」

「いるようですね。あとはわたしが。お世話さま」

可一がおかみさんに礼を言い、おかみさんが戻っていったあと、

「三太郎、ちょっといいかい」

と、破れた跡に古紙を貼った襖に呼びかけた。

布団《ふとん》から起き出す物音に続き、襖の敷居が建てつけの悪い音をたてた。ほつれた髷《まげ》に月代《さかやき》に薄っすらと毛が生え、こけた頰と無精髭《ぶしようひげ》の三太郎が四つん這《ば》いになって出てきた。

敷居のところで立ち上がり、あくびをしながら寝巻き代わりの帷子《かたびら》を直した。帷子の襟《えり》の間から痩《や》せた胸のあばらがのぞいていた。

背丈は可一と同じくらいの五尺七寸（約一七一センチ）ほどである。見てくれは粗野《そや》な風貌《ふうぼう》だが、切れ長な目に鼻筋が通っていて、よく見れば案外に男前である。

お志奈が惚《ほ》れたのも無理はなかった。

三太郎は板敷に膝《ひざ》をついて痩せた肩をすぼめ、両膝を掌で撫《な》でさすった。

「どうも、おいでなさいやし」

可一を見ずに目をこすった。

「起こしてすまなかったね」

「大丈夫っす」

坐《すわ》るよ――と、可一は板敷の上がり端《はな》にかけた。

「お志奈に住みこみの奉公先が見つかったって？　よかったね」

「へえ。今月初めの出替《でがわ》りで南の御番所の端女《はしため》奉公に出ておりやす」

「南の御番所？　数寄屋橋《すきやばし》のかい」

三太郎は鼻を鳴らして、ぽつりと頷いた。

南の御番所、と聞いて可一はちょっと身がまえた気分になった。

この夏、杜若《かきつばた》の清兵衛《せいべえ》の足どりを追い吉竹《よしたけ》の営む《みかみ》に現れた羽曳甚《はびきじん》九郎《くろう》という南町定町廻り方《みなみまちじょうまちまわ》の、恐い顔を思い浮かべたからだ。

可一は羽曳甚九郎の顔を追い払った。

「それでしばらくお志奈と遇《あ》わなかったのか。住みこみなら仕方がないな」

「月に二度ほど、半日ばかり休みがもらえるそうで、今日か明日には戻ってくると思いやす。あの、お志奈になんぞご用で」

「先月、お志奈と町内で遇ったとき、聞きたいことがあるのでそのうちに自身番に顔を出すって言っていたのにもうひと月がたつから、寄ってみたのさ。いないなら別にいいんだ。急ぎじゃないのだろう」

三太郎はまた黙《だま》って頷いた。

「三太郎は今、何をしているんだい。夕べも遅かったようだけど、仕事かい」

「え、へえ、ちょいと……」

三太郎はきまりが悪そうに言葉を濁《にご》した。

先月、浅草寺境内《けいだい》の掃除の仕事をやめて、ぶらぶらしているとお志奈から聞いている。相変わらず働いていないようだった。お志奈が心配するはずだ。

「あんまりお志奈に……」

と、言いかけて口ごもった。

偉そうに、三太郎のことを言えるがらかい、と自嘲《じちよう》が聞こえた。

「お、お志奈に、気が向いたら自身番へ顔を出すように言っておいてくれ」

照れ臭いのを隠して、そう言った。

「三太郎、もしわたしにできることがあれば、遠慮なく言ってくれ。少しは役にたてるかもしれないし」

三太郎は顔をそむけていた。

あんたに何ができるってんだい、とそんな素《そ》ぶりに見えた。

じゃあ、また——と可一は腰を上げた。

「わざわざ、相《あい》すいやせん」

三太郎が頭《こうべ》を垂《た》れた。

可一は稲吉店を出て、人情小路から今度は花川戸町の路地へ折れた。

先月、町内の通りで遇ったとき、お志奈は聞きたいことがあるのではなく、相談したいことがあると言ったのだ。亭主の三太郎のことだった。

「仕事が続かなくて……」

お志奈は肩を落としていた。

お志奈はこの春二十歳《はたち》で、三太郎は十九になる。

二人とは年が離れているし花川戸の生まれではないので、幼馴染《おさななじみ》とは言えないけれど、可一は二人を子供のころから知っている。

お志奈の父親は、野州《やしゅう》栃木《とちぎ》の生まれだった。

子供のころ江戸へ出て神田岩本町《かんだいわもと》の指物師《さしものし》に弟子入りし、指物職人になった。二十歳を三つ四つすぎたころ親方から自立し、橋本町《はしもと》で手間《てま》取りの仕事を始め、三十近くなって町内の女と所帯を持った。

お志奈が生まれた。

だが、お志奈が生まれて十二年目の文化《ぶんか》三年（一八〇六）、丙寅《ひのえとら》火事と言われる春の大火事で、火の廻った店に仕事道具を取りに戻り逃げ遅れ、亡くなった。

その大火事のあと、お志奈は母親とともに花川戸の裏店に越してきて、母親が一季や半季の通いの端女仕事をしてささえる細々《ほそぼそ》とした暮らしを始めたのだった。

可一は十二歳のお志奈の、童女《どうじょ》から娘になろうとするころの綺麗《きれい》な顔だちをよく覚えている。

父親のいない母ひとり娘ひとりの暮らしのせいか、じっと寂しさを堪《こら》えている影がどことなく感じられるような顔だちでもあった。

可一が物書き修業の合い間に町内をぶらぶらするぐうたらな日々を送っていたころ、ある日、町内の子供らが「かっちゃん」と可一を呼んで戯《たわむ》れかかってくる輪からひとり離れ、恥ずかしそうに佇《たたず》んでいる小柄な童女を見つけたのがお志奈だった。

「おまえ、名はなんて言うんだい」

「お志奈……」

「家は花川戸かい」

お志奈は小さく頷いた。

「ふうん、いつ花川戸へ越してきたんだい」

「二月《ふたつき》前、おっ母《か》さんと」

年は？　十二。お父《と》っつあんは？　この春の火事で……

と、ほかの子供らと戯れながら言葉を交わしたのが最初だった。

お志奈が「可一にいさん」と呼ぶようになったのは、三年前、自身番の書役を始めてすぐのとき、お志奈の母親が風邪をこじらせ急に亡くなって、葬式の世話や人別の改め、あとの細々《こまごま》とした始末などで奔走《ほんそう》してからだ。

父親の郷里の栃木と母親の生まれの田無《たなし》の方に、顔も名も知らない親類がいるものの、お志奈の身寄りは実際はいないも同然だった。両親を失いひとりぼっちになった心細さに、お志奈は悲嘆にまみれ途方にくれるばかりだっただろう。

「お志奈、大丈夫かい。なんでも相談してくれていいんだよ」

と、通り一遍《いっぺん》ななぐさみしか言えない自分を歯がゆく感じたものだった。けれど、お志奈は恥ずかしがり屋の弱々しげな見た目とは違い、存外、強い気《き》性《しょう》を育《はぐく》んでいた。

「ありがとう、可一にいさん」

初めて可一をそう呼び、母親の亡骸《なきがら》を入れた桶《おけ》を運ぶ傍《かたわ》らを、きっと歯を食い縛って涙も流さず歩む十七のお志奈の気丈な姿を、可一はちょっと意外に思った。

十三の年から田原《たわら》町のお店に端女に雇われ通いの奉公を始め、母親を懸命に助けてきてお志奈はいつしか、大人びた娘に育っていた。

強くならなければ、早く大人にならなければ、生きてはいけなかったのだ。

母親を急な病で亡くしたあと、お志奈は町内で遇うと必ず「可一にいさん」と声をかけてきた。何かと頼りにされ、可一はお志奈に妹みたいな親しみを覚えたし、ひとり暮らしの身のうえや行く末が何かしら気がかりにもなった。

だからお志奈が、一年半前、町内の不良で聖天《しょうでん》町あたりをねぐらにする地廻《じまわ》りの使い走りみたいなことをしている三太郎と夫婦《めおと》になったと知って驚いた。

可一がお志奈と三太郎の噂を聞いたときは、二人はもう人情小路の稲吉店で所帯を持っていた。

寂しいひとり暮らしのお志奈に頼れる亭主ができてよかった、と思う反面、あの三太郎で大丈夫だろうかと思わないではなかった。

「お志奈、どうして言ってくれなかったんだい。披露目《ひろめ》はしたのかい」

一年半前、稲吉店のお志奈と三太郎を祝いの品を持って訪ねたときに言った。

「可一にいさんはきっと反対するでしょうし、わたしら、可一にいさんにお披露目できるような人間じゃあ、ありませんから」

と、お志奈は恥ずかしそうにうな垂れて応《こた》えた。

町内の三太郎の評判はよくなかった。

父親は日本橋《にほんばし》の魚河岸の軽子《かるこ》に雇われていたのが、雇い人と悶着《もんちゃく》を起こし、二、三歳になる三太郎の手を引いて花川戸へ流れてきた人足だった。

どういう事情でか、母親は一歳の三太郎を残し姿を消していて、三太郎は花川戸の河岸場で軽子人足を始めた父親との二人暮らしだった。

父親は大酒呑みで、父親らしく倅《せがれ》をちゃんと育てようという気はまるでなかった。

父親に放っておかれた三太郎は、ひもじいということもあったのかもしれないが、幼いころから町内で盗みかっぱらいを働く手に負えない悪がきだった。まれに、表店《おもてだな》の主人が三太郎の首根っこをつかまえて父親の元へねじこんでも、酔っ払いの父親に逆に喧嘩《けんか》をふっかけられる始末だった。

あの親子はあぶない、と町内では鼻つまみだった。

結局、父親は花川戸にもいられなくなり、十五歳になっていた三太郎を残し、板橋宿《いたばしじゆく》へ移っていったと噂になったけれど、確かなことはわからない。

残された三太郎はひとり暮らしを始めたが、下男や人足、振り売り行商、といった仕事にすら就かず、不良仲間らと浅草寺界隈《かいわい》をうろつき、そのうちに聖天町のいかがわしい地廻りの使い走りをやっていると聞いていた。

花川戸町と山之宿町の人別改めが役目の可一は、三太郎が町内の裏店を転々とし、本人別《ほん》は言うまでもなく、仮人別《かり》すらないのが少し気にはなっていた。

今でこそ賑《にぎ》やかな町地《ちようち》になっているけれど、浅草寺周辺の江戸の場末《ばすえ》で裏店のすべての住人の人別の詮索《せんさく》など、できることではなかった。

江戸は人別のない住人の方が人別のある住人より多く、花川戸や山之宿もそれは同じだった。

他人《ひと》のことは言えない、でももう少しうまく生きられないのかな、いずれどこかの町へ流れていくのかな、と思っていた三太郎がお志奈と夫婦になるなんて、前に相談されたら可一はお志奈の言う通り反対しただろう。

確かに三太郎は、目のくりくりした狸《たぬき》顔の可一と違い、一重《ひとえ》のきれ長な目に鼻筋が通り、のっぺりとした白い役者顔の男前だった。

まだ年若く孤独なお志奈が、寂しい者同士、似た境遇の三太郎に心魅《ひ》かれた胸のうちはわからないわけではなかった。

しかしやくざな三太郎を亭主に持って、これまでも苦労してきたのに亭主にまた苦労させられるのではと推量すると、可一はお志奈の損な生き方が不憫《ふびん》だった。

「三太郎、所帯持ちになったんだから、亭主らしく働かなきゃあな」

可一は自分のことを棚に上げ、三太郎にどうしても言っておきたかった。

三太郎は白いのっぺり顔にきまり悪げな笑みを浮かべ、

「へえ、そうでやすね」

と、曖昧《あいまい》に頷いていた。

「大丈夫だよね、三ちゃん」

と、口添えするひとつ姉さん女房のお志奈の方が、三太郎にすっかり惚れている様子だった。お志奈の純情を思うと、それ以上は言えなかった。

それから三太郎は仕事に就いたが、やはり長続きはしなかったようだ。

仕事先を幾つか変わり、この夏にやっていた浅草寺境内の掃除の仕事をやめてからは、どの仕事にも就いていないふうな噂が伝わった。

先月、東仲町の千年堂さんから戻りの広小路でお志奈と遇い、「久しぶりだね」「おかげさまで」と笑みを交わし言葉をかけ合ったあと、「あの、可一にいさん、相談したいことが……」とお志奈は肩を落として言ったのだった。

まだ二十歳なのに暮らしの気苦労と心配事でか、無理に作った笑みが消えると、お志奈の表情は陰がとても濃くなってつらそうだった。

「三太郎のことだね」

「どこも長続きしなくて」

お志奈は溜息《ためいき》まじりに言った。綺麗な顔だちだったのが、たった一年半でもう所帯やつれが刺々《とげとげ》しく見えるお志奈が可哀想《かわいそう》だった。

かまわないからいつでも相談においで、必ずだよ、と言い残して先月はわかれた。

だがお志奈は、ひと月がたっても相談にこなかった。

九月一日の出替りで、少しでも割のいい働き先を求め、南町奉行所の端女の住みこみ奉公に就いたのだろう。三太郎のことを相談したくとも、相談にくるゆとりがなかったのだろう。

確かにあの三太郎じゃな……

昨夜は遅くまでどこをほっつき歩いていたのか、昼を廻ってまだ寝ている三太郎のいぎたない姿が、自分のことを忘れて可一は苛《いら》だたしかった。

三

可一はどぶ板に下駄を鳴らし、路地を折れた。

路地は、薬種砂糖の幟《のぼり》をかかげる薬種問屋・境屋《さかいや》勘三郎《かんざぶろう》さんの店の板壁と、居つき地主で名物あなごの柏村宗右衛門さんの土蔵の壁が一方に連なっている。

柏村の宗右衛門さんは、さっき当番の宇兵衛さんが言っていた、隅田村の安佐野さまの寮の賭場へ出入りしている町内のお金持ちのひとりだ。

片側は二軒の古びた裏店の軒に続き、井戸と物干し場、小さな稲荷《いなり》の祠《ほこら》、雪隠《せっちん》、ごみ捨て場などがあり、その先の、路地が浅草川の堤へ抜ける北角に吉竹の営む一膳飯屋《みかみ》の二階家が見えている。

浅草川の方へどぶ板が通っている。

路地の曲がり角の店は、高杉哲太郎《たかすぎてつたろう》先生が住まいと町内の子供らに読み書き算盤を教える教場をかねた手習所である。

表戸の腰高障子の奥から先生の張りのある声が聞こえた。

可一は戸をそろりそろりと開け、顔をのぞかせた。

「あ、かっちゃんだ」

子供のひとりが可一を見つけて言った。子供たちの笑い声とざわめきが、手習所に起こった。

「お勉強中、すみません」

「おや、可一さんか。お誘いか」

「はい。今夜あたり、みかみで近松《ちかまつ》を語りながら一杯、どうかと思いまして」

「承知だ」

高杉先生は見台《けんだい》に開いた本から顔をあげ、髭を剃《そ》った跡の青い口元をやわらかくほころばせた。

高杉先生と可一は、四、五日おきにどちらからともなく誘い合って一杯やる呑み仲間だった。可一が手習所に顔を出す場合もあれば、先生が自身番にやってくるときもある。場所は吉竹のみかみである。

肩幅が広く、目は大きくてきりっとしているけれど、八の字眉と高い鷲鼻《わしばな》、えらのように張った顎骨《あごほね》、下ぶくれにへの字に結んだ唇などが泣き笑いをしているみたいなちょっと情けなさそうな顔だちのお侍である。

常州下館《じょうしゅうしもだて》の勘定方のお役に就いていたが、ゆえあって浪々《ろうろう》の身となった。七年前、町内へ越してきて手習所を始めた。

年は可一より十ほど上である。

浪々の身だけれど、先生はとても立派なお侍である。子供たちからも子供たちの親からも慕《した》われ、尊敬されている。

勘定方のお役目だったから算盤や算学《さんがく》ができるのは言うまでもないが、本好きで物書きを志《こころざ》している可一より沢山《たくさん》の本を読んでいる。

文化の世になって江戸のあちこちに定席《じょうせき》のできた寄席《よせ》のひいきというので、先生と数年前、意気投合した。特に、浄瑠璃《じょうるり》の近松物の評判で盛り上がりつつ、先生と酒を呑むのがすこぶる愉快な楽しみになった。

可一の書いた一作目の読本『残菊有情乱月之契』と二作目の『愁説仇討紅椿奇

談』を「とてもよく書けている。可一さんには物書きの素養《そよう》がある」と先生に褒《ほ》められたのが、何よりも嬉しかった。

「みかみで近松を語りながら一杯……」

と言うのが、お互いの誘い文句だった。

高杉先生は隠しているけれど、本当は剣も相当な腕前と思われた。背は可一より高く立派な体軀《たいく》をしているし、袖から見える腕は太く、鋼《はがね》みたいな筋が浮いている。

この秋の初め、向島で高杉先生が浪々の身になるまで仕《つか》えていた下館藩の侍が八人斬《き》られた。八人のうち、溜池《ためいけ》に沈んでいたひとりを除《のぞ》いた七人が一刀の下《もと》に斬られ絶命していた。

鬼神《きしん》のごとき技、という評判がたった。

南町の羽曳甚九郎が、念のための調べ、というので高杉先生に訊きこみにきた。

あの高杉先生にそれはないよ、と町内の誰もそう言うし、先生も語らない。先生が語らないのだから、可一も訊かなかった。訊いて何になる。

だけど……と、可一は自分の思いを胸の中にしまっている。

「では今夜」

と言い残し、可一は路地の先へとった。

路地を歩きながら、今夜は、お志奈と三太郎夫婦のことで先生の考えを聞いてみよう、と思った。

一膳飯屋みかみの縄暖簾《なわのれん》は浅草川の堤に面しているが、路地に勝手口がある。

「こんちは」

可一は勝手口の腰高障子を引いた。

竈《かまど》が二つ並んだ調理場があり、仕きりの棚の向こうが店である。

通り口に、吉竹がこの九月の重陽《ちようよう》の節句の日に町内へ夫婦の披露目《ひろめ》をし、そのときに送られた半暖簾が架けてある。

勝手口の脇から、狭い階段が二階へ上がっている。

紺縞《こんじま》の長着《ながぎ》に襷《たすき》をかけ白い前垂れをした吉竹が流し場で洗い物をし、女房のお富《とみ》が客に出した皿や鉢の片づけをしていた。赤い着物が若妻らしく艶《つや》やかだった。

「よお」

「あら、いらっしゃい」

吉竹とお富が可一に笑いかけた。

お富はよく太った明るい気だてで、

「器量は今ひとつだけどさ、気だての明るい女でね。おれみたいな気の小さい陰気な性分にはちょうどいい」

と、吉竹はそう思ってもらった女房だと言った。

吉竹は可一より二つ年上だった。子供のころは臆病《おくびょう》で、年下の子にも負かされる気の弱い泣き虫だった。小柄で痩せていて、垂れた細い目をいっそう細くしてべそをかいていた悲しそうな顔を、可一は覚えている。

みかみを開いた父親はずっと前に亡くなり、おっ母さんと二人できり盛りしていたのが、三年前、そのおっ母さんも亡くなって心配したけれど、吉竹ひとりでちゃんとみかみを営んできた。

吉竹はこの春から夏にかけて、ひとつの恋をした。

吉竹には初めて恋した女だった。

その恋が終って、心の疵《きず》が癒《い》えたかどうかはわからないけれど、秋の終りにお富を女房にもらい、吉竹は今まで以上にみかみの亭主らしくなった。

「番所の御用かい」

「いや。今晩、先生と一杯やりにくるお知らせさ」

「いいね。ちょいとぼたんが入ってね。今晩はぼたん鍋だよ」

「ぼたんか。旨《うま》そうだな。楽しみだ」

「女房はいやがっているけれどね」

鉢や皿を盆に乗せて運んできたお富が、わざとつらそうな顔を作った。

「あたしは臭《にお》いが好きになれない」

可一は笑った。吉竹も、

「飯屋の女房をやっていれば、ぼたんの臭いぐらい今に慣れるから」

と、平然としている。

「かっちゃん、茶でも飲んでいきなよ。これから休憩するところなんだ」

「じゃ、ちょっとお茶をよばれていくかな」

可一は調理場から店土間へ通った。

一膳飯屋みかみは土間に醬油樽《しょうゆだる》へ長板を渡した卓を二台並べ、客は周囲においた醬油樽の腰かけにかけて呑み食いする。壁際には小あがりへ茣蓙《ござ》を敷いた席を設け、十六、七人ほど客が入れば席が埋まる小さな店だった。

壁も天井も古い店の中で、お品書きの張り紙が白く新しかった。

昼どきが終って、縄暖簾は夜の開店まで小あがりの隅で丸まっている。

樽の腰かけに坐ると、吉竹が湯呑を二つ盆に乗せてきた。

「お陰さまで、つつがなく店を開けさせてもらっているよ」

吉竹は隣にかけ湯呑を持ち上げた。

「すっかり、みかみの亭主が板についたね」

可一は熱い茶を含んだ。

「そうかい」

「そうさ。大したもんだ」

「かっちゃんに褒められるとうれしいよ。前から思っていたんだが、じつは、この春お柳《りゅう》さんがきたときから思っていたんだけどね」

と、吉竹は夏に去った女の名をさらさらとした笑みを浮かべて口にした。

「年が明けたら店を建て替えようかと思うんだ。親父《おやじ》とお袋がみかみを開いて三十数年がたって、もう親父もお袋もいない。おれは女房のお富を迎えた。そろそろ、新しいみかみに生まれ変わってもいいのかなと思ってさ」

「いいね。それは楽しみだね」

可一が頷いたときだった。

表戸の障子に人影が差し、腰高障子がだらだらと開けられた。

黒羽織の定服の町方が、手先をひとり従え口元を歪《ゆが》めた不機嫌《ふきげん》そうな面《つら》つきで戸口に立っていた。

「南町のもんだ。ちょいとものを訊ねる」

町方の雪駄と手先の草履が、店土間に引きずるように鳴った。

「ここの主人はどっちだ」

町方は吉竹と可一を見較《みくら》べ言った。見たことのない町方だった。

調理場からお富が顔をのぞかせた。

「わたしが、亭主の吉竹でございます」

吉竹が立ち上がり、町方へ小腰をかがめた。

町方は吉竹より背が高く、左手を刀の柄《つか》にかけてだるそうに吉竹を見下ろした。

「うん。吉竹か。こっちは」

と、可一へ不機嫌そうな面つきを廻した。可一は腰かけを引き、

「可一と申します。町内自身番の書役に雇われております」

と、小さく頭を下げた。

「書役？　自身番の書役がなんでここにいる」

「近くを通りかかりましたので声をかけ、茶を馳走《ちそう》になっておりました」

「ふう、顔馴染だな」

「はい。子供のころからの……」

「亭主、あっちはおめえの女房か」

町方はお富へ顎をしゃくった。

「はい。女房のお富でございます」

「お富、おめえもこっちへこい」

猿に似た赤ら顔で吉竹よりも小柄な手先が、お富に並べと手をあおいだ。

お富が吉竹に恐る恐る並びかけると、町方は立ったまま言った。

「昨日の夜、橋場の渡しで追剝ぎ騒ぎがあったのは知ってるな」

「昼間のお客さんの間で、その話が持ちきりでございましたので」

「ふむ。どんなふうに持ちきりだった」

吉竹は、今朝、可一が自身番で聞いた昨晩の橋場の渡しの追剝ぎ騒ぎとほぼ同様の顚末《てんまつ》を語った。そうして、

「あれは安佐野さまの寮の内々の事情に詳しい仲間内の仕業ではないかと、お客

さん方のもっぱらの噂でございました」

と、言い添えた。お富は吉竹が何か言うたびに頷いていた。

「安佐野の寮の？　内々の事情たあどんな事情だ」

町方が目の下の隈《くま》を指先でかきながら、冷ややかに言った。

「あ、はい。安佐野さまの寮では毎晩賭場が開かれており、お金持ちの方々が大勢遊ばれているという……」

「ふうん。おめえも安佐野で遊んだことがあるのかい」

「いえ。わたしは噂でしか聞いておりません」

「まあいい。で、客の噂には追剝ぎをやった野郎の名は上がっていなかったかい。たとえば、町内の札《ふだ》つきの名だとかよ。あるいは客やら仕事でやら、顔見知りのこいつはという怪《あや》しいやつだ」

「噂ではどなたの名前も出ておりませんでした。お客さんやら仕事の方でも別に……」

町方は吉竹から可一、お富へと不機嫌面を廻した。お富は太った身体を小さく縮めていた。

「亭主、この店は長いのかい」

「親父の代からもう三十年以上、この場所で営ませていただいております」

「花川戸生まれだな。年は」

「二十九でございます」

「おめえは」

と、可一へ向いた。

「二十七になりました」

「二十七？　家は」

「勝蔵院さま脇の入倉屋という紅屋です。家業は兄が継いでおります」

「家業を継いだ兄きと同居で、自身番の書役か。自身番じゃあ夕べの追剝ぎの一件で何かつかんじゃいねえかい」

「いえ、何も」

つかんでいたら町方にはとっくに知らせが入っているはずである。

「自身番には今朝早く知らせが廻ってきて、それ以後は、わたしが昼すぎに自身番を出るまでは、まだ町方のお役人さまよりのお指図はなかったようで。自身番でも、やはり安佐野さまの内情に詳しい者の仕業ではないかという見方でした」

「ふん、町方の動きが遅えってか。その通りだ。まあ仕方ねえ。ところで亭主、この店はどういう客が多い」

「昼間は主に、河岸場で荷運びに就いている軽子のみなさんや、舟運《しゅううん》を利用される旅の方が多いようで、夜はご町内の方々が呑みにきてくださいます」

「顔見知りばかりかい」

「はい。旅の方をのぞけば、だいたい」

町方はまた眼の下のたるんだ隈を指先でかいた。

「わかった。追剝ぎは若い男だ。痩せて顎が尖《とが》って見えた。無精髭が生えていた。今は剃っているだろうがな。一見、白いのっぺりした優男《やさおとこ》ふうだ。背丈は、そうだな、おめえどれぐらいある」

町方は可一の頭から足先まで見下ろした。

「五尺七寸ほどです」

「ふむ。おめえぐらいの背丈だ。そういう風貌《ふうぼう》で、昨日の今日でまだ動きは見えねえだろうが、そのうちに急に金廻りがよくなった、なんて野郎に気づいたら番所まで知らせろ。ここら辺のしけた店でうだつの上がらねえ顔つきで呑んでた野郎が、どっかの一流料亭に出入りし始めたとか、そんな噂を耳にしたらな」

町方はみかみの古びた店を見廻しつつ、ぞんざいに言った。

「お役人さま、町内の見廻りはこの夏から南御番所の羽曳甚九郎さまが分担になられたとうかがっております。そのお知らせは羽曳さまにするのですか。それともどなたさまに……」

可一が言うと、町方は口元を薄ら笑いに歪めた。

「分担じゃねえと、なんぞ不満かい」

「いえ、そ、そういう意味ではありませんが」

「ふむ、そういう意味ではありませんとよ」

町方は薄ら笑いを手先へ向け、黒羽織の裾を翻《ひるがえ》した。

「こちら、市中取締諸色調掛《しちゆうとりしまりしよしきしらべがかり》の小泉重和《こいずみしげかず》の旦那だ。覚えときな。いいか。なんかあったら小泉の旦那に知らせにくるんだぜ」

後ろの猿顔の手先が可一に言った。

四

お志奈は浅草川西河岸から艀《はしけ》を下《お》りた。

堤に上がり、葭簀《よしず》を廻《めぐ》らした掛茶屋《かけぢやや》の志ノ助《しのすけ》さんに会釈を投げて夕暮れどきのいた。


堤道を人情小路へ急いだ。

葉を散らした堤道の桜並木が、夕暮れの中でくすんでいた。

夜の四ツ（午後十時頃）までには南町の御番所へ帰らなければならなかった。奥向きの台所を指図する下女頭《げじょがしら》のお加世《かよ》さんに「夜の四ツだよ」と言われて
いた。

縄暖簾の下がったみかみの前をすぎると浅草寺の物揚場があり、物揚場から西へ折れる通りが人情小路だった。

物揚場に人足の姿はなく、一艘《そう》の空《から》の艀が桟橋に舫《もや》っていた。

みかみから男らの笑い声が聞こえてきた。

気はせくし、そのうえ、絶え間ない不安が小柄なお志奈の身体にのしかかった。


「今、いろいろと算段しているところさ。くよくよ悩んだって仕方ねえだろう。おれに任せとけって。いい考えがあるんだ」

三太郎は暢気《のんき》に言う。けど、三太郎にいい考えがあるはずがないのは一年半暮らして、お志奈にはわかりすぎるくらいわかっていた。

夏に浅草寺の掃除の仕事を廻してもらって始めたのに、二月《ふたつき》も保《も》たなかった。

所帯を持って幾つめの仕事だったろう。数も忘れるくらいだった。

いやだと思うと、辛抱のできない人だった。

ろくでなし、と人は三太郎のことを陰で言っている。

地道に我慢して、働いて欲しかった。

みんなそうして小さな所帯を守り、子を作り育て、穏やかに暮らしているのに、どうして三太郎にできないのだろう。

自分に都合のいい考えも仕事も、世間にありはしないのだ。

毎日食べるお米代や三ちゃんが呑む酒代は、誰が稼いでいると思っているの。

それを言うと、三太郎は童子《どうじ》みたいにしょ気《げ》てうな垂れた。

物心ついたときから母親はおらず、父親には捨てられたも同然に育ち、悪ぶって見せているけれど、本当は気の小さな寂《さび》しがり屋なのだ。

お志奈は自分の寂しい境遇と重ねあわせ、三太郎のことを思って胸が熱くなる。

人情小路はすでに薄暗く、どの店も板戸を閉ざしていた。

路地の入り口を野良犬がうろついていた。

お志奈はからころと路地に下駄を鳴らし、稲吉店の木戸をくぐった。

路地には夕餉《ゆうげ》の匂いがした。

腰高障子に明かりが映っていた。三太郎が家にいるのだ。よかった。急いでご飯の用意をしてあげなきゃあ。お志奈は下駄を鳴らしながら思った。

「ただ今、三ちゃん」

お志奈は努《つと》めて明るく言い、腰高障子を引いた。

板敷続きの六畳の襖が開いていて、三太郎が行灯《あんどん》の側で何かの荷作りをしていた。

焦げ茶の袷《あわせ》を裾端折《すそはしょ》りにし、手には手甲《てっこう》、裸足《はだし》の足には脚絆《きゃはん》をつけていた。

「お志奈。待ってたぜ。今日帰ってこなけりゃあ数寄屋橋までいくつもりだった」

「三ちゃん、何してるの」

お志奈は板敷へ上がった。

「旅に出る。すぐ支度しろ。なるべく荷物を少なくして身軽にな」

「旅に出るって、三ちゃん……」

風呂敷包みを抱えるお志奈の身体が震《ふる》えた。

「大丈夫、金は作った。言っただろう。考えがあるって。事が上手《うま》く運んだんだ」

「三ちゃん、あんた何したの」

お志奈は三太郎の傍らへ膝をつき、腕と肩をつかんだ。

「心配すんなって。おれに任せてついてこい。さっさと支度しろ」

三太郎はお志奈の手をふり払った。三太郎の荷物の傍らには、三度笠と縞《しま》の廻し合羽《がっぱ》、それにお志奈のものと思われる小さな荷物や編笠も用意してあった。

この人は本気なのだ。お志奈は不安になった。

「旅にってどこへいくの。通行切手もないんだよ」

「いいかお志奈。事情を話している暇はねえ。今夜は板橋までいって、板橋の親父のところに泊めてもらう。ひと晩ぐれえならなんとかなる。通行切手やらそれから先のことは板橋で考える。とにかく、ここは今夜引き払う。しかも誰にも知られずにな」

三太郎は声をひそめて言った。

「わたしの、奉行所のお勤めはどうするの」

「奉行所ったたって奥向きの端女《はしため》仕事だろう。そんなの、おめえがひとりいなくなったってなんとかなるさ。いいか、おれたちは生まれ変わるんだ」

三太郎はお志奈をぎゅっと抱きしめた。

「他国へいって、一からやり直すんだ。今度こそ、おれも地道に働くぜ。地道に働いて、おめえにいい思いをさせてやる。約束する」

三太郎に抱きしめられると力が抜けた。

「三ちゃん……」

何か言おうとしたが、言葉が思い浮かばなかった。

ただ、そんなことできっこない、とだけ思った。

「だめよ、三ちゃん、そんなこと」

ようやく口にした。

「だめなもんか。人間、死ぬ気でやりゃあなんだってできる。おれはおめえと一緒に生きなおす。そう決めたんだ。絶対、やってみせるぜ」

三太郎は抱きしめたままお志奈の身体をゆさぶった。

ふと、お志奈は三太郎が自分をつれて死のうとしている気がした。

本気でその気なら、わたしはかまわないけど。

お志奈は心動かされた。それでも、

「三ちゃん、落ち着いて。自分で何をしようとしているか、わかって言ってるの」

と、懸命になだめた。

「わかってるよ。じれってえな。さあいくぜ」

三太郎がお志奈の手首をつかんで立ち上がった。

お志奈――と三太郎が呼んだそのときだ。

腰高障子が激しく音をたてた。

薄暗い路地を背に、浪人風体《ふうてい》の黒々とした影がぞろりと幽霊みたいに現れた。

男らの顔がみな同じに見えた。

「三太郎だな、本庄虎右衛門さまがお呼びだ。こい」

影の中のかすれた声が言った。

お志奈には影の中の誰が言ったのか、見分けがつかなかった。

本庄虎右衛門、の名前は聞いたことがある。

三味線堀のお旗本・安佐野家のご用人勤めをなさっているお侍だ。

向島の隅田村に安佐野さまの寮があって、その寮では毎晩賭場が開かれており、その本庄というお侍が賭場を仕きっているとだ。

安佐野さまの寮で賭場が開かれるようになって、気性《きしょう》の荒そうな用心棒が沢山雇われていて、寮の警護をしているという噂も聞いている。

この人たちが寮に雇われた用心棒だろうか。

「三ちゃん」

と見上げた三太郎の横顔が真っ白だった。

「盗んだ金を戻せ。わかっているな」

お志奈と三太郎は、声が出なかった。

三太郎は石のように固まっていた。

盗んだお金のことなんか知らない。金は作った、と三ちゃんが言ったそれのことなの。お志奈は懸命に三太郎を抱き締め、

「あんたたち、三ちゃんをどうする気」

と、自分のとも思えないくらい張りのある声で必死に言った。

「おまえ、三太郎の女房か」

かすれた声がお志奈に言った。

男らの顔がみなとても険《けわ》しく、不気味だった。

「己《おのれ》が仕《し》でかしたことの落とし前をつける。それだけだ。そうだな三太郎」

かすれた声が三太郎へ続けた。

「本庄さまはとてもお怒りだ。おまえ、愚《おろ》かにも本庄さまを相手にのるかそるかの賭《か》けを挑《いど》んだらしいな。結果はこうなった。覚悟を決めて大人しくこい。本庄さまは寮でお待ちだ」

「覚悟を決めてって、どういうことよ」

お志奈の声は震えた。

「おまえは知らなくともいい。本庄さまがご存じだ。亭主の顔をようく見てお け。それで見納めになるだろう」

本庄さま、という名がとても危険な響《ひび》きでお志奈の背筋を凍らせた。

ひどく忌《い》まわしく、恐ろしい出来事がふりかかりそうな気がした。歯がかちかちと鳴った。三ちゃんが殺される……

水草の間で魚の跳《は》ねる水音が、夜の隅田川にはじけた。

向島の隅田堤や樹林の影が、満天の星空の下で黒くうずくまっていた。

言問いの渡しから、蘆荻《ろてき》の間のなだらかな上りの河原道をたどり、隅田堤に上がってほどなく、安佐野家の寮の表門がある。

昼間なら椿《つばき》や梅の木々の奥に寮の瀟洒《しょうしゃ》な主屋《おもや》が眺められるが、夜も更けたこの刻限は星空の下に繁《しげ》る樹林とわずかに反《そ》った屋根の黒い影が見えるばかりだ。

主屋へいくまでの前庭から堤の下方に向島水神社《すいじんじゃ》の境内と思われる影が広がり、その彼方《かなた》に隅田川の流れが黒々と息づいていた。

不吉な静寂が邸内を包み、儚《はかな》げな虫の声が秋の夜更けの暗がりの中に塗りこまれていた。

その土間は二十数畳の広さで、安佐野家の寮になる前の隅田村の百姓家の納屋《なや》の面影をとどめる土蔵造りだった。

壁の四方に掛け行灯《あんどん》が灯《とも》り、一方の壁際に叺《かます》や俵、筵《むしろ》茣蓙《ござ》の束、炭や薪《まき》の山が積んである。

天井はなく、黒々とした梁《はり》の見える屋根裏との間に土間の半分ほどの広さの屋根裏部屋が設《しつら》えてあり、屋根裏部屋の床を二本の柱が支えていた。

その一本の柱に、隅田村百姓の民吉が後ろ手に縛りつけられ坐っていた。

民吉の顔は激しい拷問《ごうもん》で見る影もなく歪み、血まみれになってうな垂れていた。

折りしも、隅田村のどこかから犬の遠吠《とおぼ》えが細く長く聞こえてきた。

郡内縞《ぐんないじま》の羽織に紬の紺袴《こんばかま》を着けた安佐野家用人・本庄虎右衛門と茶羽織に黒

袴の部厚い身体つきの侍が土蔵の板戸を開け、土間へ入ってきた。

土間には七人ばかりの侍らが竹刀《しない》を手にして輪を作り、恰幅《かっぷく》のいい本庄ともうひとりへ一斉《いっせい》に声をそろえた。

「おおっす」

侍らは二人に道を開けるように囲んでいた輪を解いた。

輪の中には、血の気の失《う》せた顔をおどおどさせた三太郎が佇んでいた。

本庄は三太郎から目を離さず、部厚い胸がぶつかりそうな間まで躊躇《ためら》いなく近づいてきた。

三太郎は本庄の眼差《まなざ》しに堪《た》えられず、肩をすぼめうな垂れた。

本庄の大きく見開いた目は、怒りや憎悪ではなく、ただすべてを見通さずにはおかない冷徹《れいてつ》さを湛《たた》えていた。

厚い唇をゆるやかに結び、大きな鼻が垂れていた。

酒臭い息がうな垂れた三太郎の白い額に触れたとき、二人の草履の音が止まった。

本庄は三太郎を見つめたまま何も言わなかった。

とり囲む七人の侍も指図を待って、沈黙していた。

誰かが、軽い咳払《せきばら》いをした。

隅田村の犬の長吠えが、またかすかに聞こえてきた。

ふうむぅぅぅ……

溜息《ためいき》が沈黙に覆われた土蔵に吐き出された。

「おまえが三太郎か。おまえの顔には見覚えがあるぞ。やがて、男前だから目につく。これからも男前でいられるかどうか、それはわからぬがな」

と、野太い声が流れた。

「おまえ、この寮のことはどこで知った」

三太郎は応えず、うな垂れた。

「うん？　どこで知った。この寮のことは誰から聞いた。応えろ」

「あ、浅草の者は、た、た、たいていこのお屋敷のことは、知っておりやす」

うな垂れたまま、小声を絞り出した。

「ふむ。たいてい知っているか。それでお前は金を持っていそうな客に目星をつけ、懐を狙ったのだな。この民吉を誘いこんで、下手なひと芝居をうったわけだな」

本庄は三太郎から目を離さなかった。

「人は愚かだ。おまえの相棒の民吉を見ろ。どうせ白状するのに、あんなになるまで我慢した。むだとも知らず、半日ばかり耐えた。三太郎、相棒の民吉が半日拷問に耐えたことに、どんな意味があったと思う」

三太郎は、うな垂れた顔をそむけた。

「どうだ、三太郎。応えろ。どんな意味があったと思う。うん?」

本庄は三太郎の白くそげた頰を、茶色い大きな右掌《みぎてのひら》で軽々と三回、四回、五回、六回……と三太郎が何か言うまで叩《はた》き続けた。

「うん? うん?……」

本庄は繰りかえし、ぺたぺた、と頰を叩く音も繰りかえし鳴った。

「い、意味は、ねえ」

三太郎は顔をしかめ、叩きに堪《こら》えきれず応えた。

「意味はねえ。おまえもそう思うか。みんな、三太郎が意味がないと言うたぞ。民吉が洗い浚《ざら》い白状するまで苦しい拷問に半日耐えたことは、意味がないとな」

叩く手を止め、とり囲む七人へ両手を広げて見せ、口元を歪めた。

男らの震えるような笑い声が、土間を這《は》った。

「民吉、聞こえたか。おまえの我慢は意味がなかった。相棒の三太郎にも、むろんわたしにもだ。おまえの身に意味がないことは聞かずともわかる。おまえは生まれも育ちも虫けら同様の水呑百姓だからな」

柱に縛りつけられた民吉は、生きているのか死んでいるのか、ぐったりとしてかすかな頷きすらかえしてこなかった。

「ならば、三太郎。民吉はどうすれば意味があった。どうしていればせめて相棒のおまえにぐらいは意味があったか、教えてやれ。うん？」

本庄はまた同じ部厚い右掌で、三太郎の頰を音をたてて叩き始めた。

三太郎はしかめた顔をそむけ、だんだん積み重なる苦痛に耐えていた。

「教えてやれ、相棒の民吉にどうすればよかったのか、三太郎」

周りの侍らは本庄のじわじわとつめ寄るやり方を、じっと見守っていた。

そのうちに、三太郎の鼻から血がしたたり始めた。

「わわ、わからねえよ」

三太郎が喚《わめ》いた。

「わからねえだと」

本庄は手を止め、掌についた鼻血を三太郎の焦げ茶の袷の胸元でぬぐった。

「そうか、わからぬのか。それがわかるくらいなら、端《はな》からこんな事にはなっておらぬと言いたいか」

それから血が残っていないか確かめるかのように、掌を丹念に見た。

「ならば、たとえば、こういうのはどうだ。民吉が、おまえに誘われ、おまえが帰り船の船頭に成りすまして賭場の客の懐を狙ったおまえのたくらみに手を貸し、あとで山分けする手筈《てはず》だったことをわれらがどんなに責めても白状せず、そのまま弄《なぶ》り殺しにあっていたとしたら、民吉の我慢は意味があったのではないか。どうだ」

三太郎は鼻を手でおさえ、鼻血をすすった。

「どうだ、男前。意味があるかないか、応えろ」

どすの利いた声が、三太郎をびくつかせた。

「い、意味は、ありやした」

「ふむ。そうなったら、意味はあったわけだな。馬鹿な水呑百姓があと少し耐えれば楽になれたのに、我慢が足りず白状したため、せっかくのおまえのたくらみが水泡《すいほう》に帰し意味がなくなってしまった。金はとり戻され、お客はただいやな思いをし、うちの賭場は定客の信用を損ね、民吉はこんなに痛めつけられ、挙句《あげく》に何も変わってはおらず、三太郎、おまえは貧乏なままだ。そうだな」

三太郎はうな垂れ、鼻血をすすっていた。

「おまえのやったことはむだだった。むだになることぐらいわかりそうなものだが、血の廻《めぐ》りの悪いおまえはそれがわからなかった。頭が悪いのだから仕方あるまいな。ところで三太郎、おまえの男前はなんぞ意味があるのか」

え？——と、三太郎はおどおどと顔をあげた。

「聞くところによると、おまえ、別嬪《べっぴん》の女房がいるそうではないか。女房はおまえの男前に惚れたのか。貧乏で頭の悪いおまえでも、男前だからよかったのか。しかし、おまえはなんの役にもたたないろくでなしだ。そんなろくでなしでは別嬪の女房に顔向けができぬだろう。顔向けできぬなら、男前にも意味がないということだ。そうだな、三太郎。おまえの男前には意味がないな。応えろ、三太郎」

本庄の叩きが始まり、三太郎はまた叩かれるままだった。

「意味は、あ、ありやせん」

やっと応えた。

「何に意味がない。うん？　何に意味がないのだ」

「おお、男前に、意味は、ありやせん」

三太郎は泣き声になり、顔を覆《おお》った。

「そうか。おまえの男前に意味はないか」

本庄は三太郎の肩で掌をぬぐった。

「三太郎、じつのところ、おれはおまえにこの始末の落とし前をどうつけさせるか、まだ決めてはおらぬ。まだ考え中だ。民吉は意味のないことをやってあんな面《つら》になった。さぞかし痛かったろう。おまえの男前にも意味がないなら、民吉と同じだ。同じ意味のない者同士、おまえも民吉の痛みを味わってやるのはどうだ。嬉しいこともつらいことも分け合う。それが相棒、仲間というものだろう」

そう言って七人の方へ向いた。

「わたしは客が待っておるから、もういく。今夜はこれまでだ」

それから隣のつれの侍へ言った。

「村井《むらい》、こいつののっぺりした男前にやきを入れて、少しは男らしい面つきにしてやれ。男前に意味をつけてやれ」

村井と言われた部厚い胸を反らせた侍が「はあ」と応じた。

「だが、まだ死なせてはならぬ。簡単に落とし前をつけさせては面白くないし、しめしがつかぬ。人は後悔の数が多いほど賢《かしこ》くなる。わたしはな、このろくでなしにひとつでも多く後悔させて、少しでも賢くしてから死なせてやりたいのだ」

本庄は三太郎を囲む侍らへ向き直った。

「よいか、三太郎。わたしはおまえほど人が悪くはないぞ。これからみんなに寄ってたかって可愛がってもらえ。充分後悔して賢くなれ。おまえが今より賢くなって死んでいけば、おまえが生きたことにも意味ができるではないか」

本庄は鼻にかかった笑い声を土間に響かせた。

それから村井に「頼んだぞ」と言い残し、雪駄を鳴らして板戸をくぐった。

土間から姿を消すとき、寮の主屋の方から女の声がまじった喚声《かんせい》が、かすかに聞こえてきた。今夜の賭場の客たちの騒ぎ声だ。

「縛り上げろ」

誰かが、かすれた声をかけた。

村井が黙って羽織を脱いだ。

侍らは寄ってたかって三太郎を跪《ひざまず》かせた。

やめてくれ——三太郎は抗《あらが》った。

# 第二章　無《む》謀《ぼう》

一

数奇屋橋御門の南町奉行所は、奉行用部屋をめぐる廊下をひとつ隔《へだ》てた西側から、表向きの奉行所に対する奉行の公邸、つまり奥向きになっている。

町奉行職は職禄《しょくろく》三千石、相応の大身《たいしん》の旗本が就《つ》く重役のため、旗本としての本来の屋敷は持つが、奉行職にある間の奉行は奉行所奥向きに暮らし、特別な場合をのぞいて奥方をはじめ奉行家族も奥向きに暮らすのが慣例である。

奥向きは奉行の私生活の場であり、裏門ではない奥向き専用の門と奥玄関、中の口などが備わっており、奥方はじめ奉行の家族、また奥向きで雇われた奉公人たちはそれぞれの身分に応じた出入り口を利用し、奉行所の表向きで用を務めることはない。

すなわち、町奉行所役人である与力《よりき》・同心が奥向きへ出入りすることは許されず、それは職禄三千石の大身の旗本屋敷へ町方風情《ふぜい》が簡単に出入りできないのと、同じ事情なのである。

奉行所内与力《うちよりき》の鈴木善兵衛《すずきぜんべえ》は、その日も奥方の瑞江《みずえ》に慣れない奉行所暮らしの愚痴《ぐち》をさんざん聞かされ、女髪結《おんなかみゆい》のお八重《やえ》がきてようやくとき放たれたところだった。

「はあ、疲れたわい。あのわがままさえなければ可愛《かわい》らしい奥方さまなのだが……」

と、六十をすぎた善兵衛は奥方の居室から戻る中庭の廊下をゆるやかに歩みつつ、ごま塩になった髷《まげ》のつけ根を扇子《せんす》でこそこそとかいた。

奉行は朝四ツ（午前十時頃）から昼八ツ（午後二時頃）までの登城の刻限である。

与力であるため、善兵衛は幾《いく》ぶん色褪《あ》せた茶の裃《かみしも》姿だった。

内与力というのは、奉行である旗本の家人《けにん》で、公用人《こうようにん》、あるいは目安方《めやすかた》として奉行に仕《つか》えているけれど、本来の奉行所に所属する町方役人の与力とは扶持《ふち》も役目も違う与力なのである。

奉行が転役《てんやく》になれば、内与力は従来の旗本の家人に戻らなければならないし、人員の数も奉行の裁量《さいりょう》によって異なっていた。

善兵衛は、この夏の初め南町奉行へ就職した旗本に古くから仕える家臣だった。

主人が南町奉行職に任ぜられたとき、「それがしはもう年ですので」と辞退したにもかかわらず、奉行が「おぬしの助けが要《い》る」と善兵衛を内与力に就かせた。

というのも、奉行が三年前に迎えた後添《のちぞ》えの瑞江が京のお公家《くげ》筋につながる名家の出で、お奉行は老練な善兵衛に奥方の武家の堅苦しさや不平不満のなだめ役と自分との連絡掛《がかり》を申しつけたのである。

十七歳ほども年の差のあるこの奥方は、奉行が年甲斐《としがい》もなく見初《みそ》め、あの手この手と根廻《ねまわ》しをして、ようやく迎えた最愛の妻であった。

京のお公家筋の名家という育ちのよさもさりながら、玉のように白く透き通る肌と艶然《えんぜん》としてしかも凛《りん》とした相貌《そうぼう》としなやかな四肢《しし》、奔放《ほんぽう》な自在さにあふれつつも優美なふるまいが、六十をすぎた善兵衛ですらはっとさせられる美しい奥方であった。

お奉行さまが年甲斐もなく惚《ほ》れられたのは無理もない。

と、善兵衛は思っている。思ってはいるが、この奥方の瑞江のわがままなお嬢さま育ちには、手を焼かされていた。

気だても明るくて可愛らしいのだが、武家の慣例しきたりなど気にかけるふうがまったくなく、「善兵衛、なんとかしてちょうだい」と、何くれとなく無理難題を無邪気《むじゃき》に言いつけてきて善兵衛を悩ませた。

「奥方さま、それはなりませんぞ」「ご身分に障《さわ》りがございます。お慎《つつし》みを」「人の目がございます」などと身分相応に世間体を繕《つくろ》うものの、これが駄目ならあれ、あちらと思えばこちら、と奥方のわがままにつき合う役目はまことに疲れるのであった。

だいたいが女髪結を呼ぶこと自体、奥方のわがままであった。

身分のある奥方は、髪は自分で結うか奥女中に結わせるのである。

女髪結をお屋敷に呼んで身分の高い奥方の髪を結わせるなど、あってはならないことだった。

男の髷は男が結うものであったこの時代、女髪結は定店《じょうみせ》を持てなかった。女髪結は花柳界《かりゅうかい》や遊里《ゆうり》の女郎に呼ばれて巡回する、まだ新しい仕事だった。

それを奥方の瑞江は「呼んでおくれ」と言った。善兵衛が止めても「あら、どうしていけないの」と罪がない。

どうしてと訊《き》かれても、そういうものでござる、としか応《こた》えようがない。

奥方の瑞江は、江戸町方奉行の奥方ゆえに大好きな芝居見物に出かけることもままならず、堅苦しい暮らしの退屈を化粧と装いの楽しみでまぎらわせていた。

呉服問屋のご用聞きならまだしも、女髪結は……と苦慮していたのが、

「女髪結くらい、よかろう。しかし人目につかぬようにな」

と、奉行の許しが出た。

それで人探しをし、木挽《こびき》町のお八重なら、ということになった。以来、女髪結のお八重が奥方の髪を結いに、数日おきに奉行所奥向きへ廻ってくるようになっていた。

善兵衛にしてみれば、お陰で奥方の機嫌がよくなり、退屈しのぎの小言、愚痴を聞かされる機会が減ったので、「これは案外よかった」と思っていた。

その日もお八重がきて、奥方の小言からとき放たれた善兵衛は、中庭に面した廊下を戻っていた。

すると、中庭の植木の間を桶《おけ》をさげたお志奈が奥の方へ歩んでいくのを認めた。

今月の出替《でがわ》りに奥向きの端女《はしため》に雇われたお志奈の顔を、善兵衛は見覚えていた。

下女や端女が奥へくることはよほどの用の場合以外あり得ない。そういう用は、普通は奥女中が務める。善兵衛はお志奈を認めて、

「これ、お志奈。どこへゆく」

と、廊下から声をかけた。

「はい。沢野《さわの》さまのお言いつけで、奥方さまのお髪を結われますのに湯を持ってまいるところでございます」

お志奈のさげた桶には手拭《てぬぐい》がかぶせられ、ほんのりと湯気が上っていた。

「沢野どのが。さようか。沢野どのはいかがなされた」

「ご用聞きがまいっており、お指図をなさっておられます。お指図がすみ次第、奥へいかれます」

「ふうん、沢野どのがご用聞きにいかなる指図だ。よかろう。粗相《そそう》のないようにな」

はい――と、奥の方へそそくさといくお志奈の背中を目で追い、善兵衛は奥向きの台所へ戻った。

台所は広い板敷があって、竈《かまど》や井戸のある土間と料理の間に続いている。奥女中の沢野が板敷《いたじき》に坐《すわ》り、土間の下女頭のお加世《かよ》と話をしていた。

沢野が善兵衛へふり向き、微笑《ほほえ》んだ。

「鈴木さま、奥方さまのお話はおすみでございますか」

「はあ、お話というか、いつものお小言をうけたまわっておったわ」

善兵衛がげんなりとしたふうを装うのを、沢野とお加世はおかしそうに笑った。

「髪結のお八重がまいったので、ようよう許され申した。助かった。はは……」

「あら、さようでしたか。では湯を持ってまいりましょう」

沢野が立ち上がり、命じた。

「お加世、湯を頼みます」

「湯ならば、端女のお志奈が今しがた持っていったがな。中庭を通って奥へゆくので確かめたら、沢野どののお言いつけで奥方さまの髪結のご用に持っていくところだと申しておった」

「え？　変ですね。わたくしはそのようなことは言いつけておりませんが。お加世、そなたが言いつけたのか」

「いいえ、何も。お志奈は外にいるのではありませんか」

お加世は桶に湯をそそぎつつ、怪訝《けげん》そうに応えた。

「わたくしは髪結のお八重がまいって、鈴木さまが戻られたらお部屋へお湯を持ってまいるつもりでおりました。お志奈が奥方さまのお側《そば》にうかがうのは少々場違いです。そのようなことを言いつけたりはいたしません」

はあ？——善兵衛は首をひねった。

「粗相があっては大変です。急いで持ってまいらねば」

沢野は桶をさげてそそくさと奥へ消えた。

お志奈は何を勘違いしたのだ。粗忽《そこつ》な。

と、そのとき善兵衛は思っただけだった。

粗忽ではあっても、咎《とが》めるほどの事ではなかった。

しかし善兵衛はひと言か二言、お志奈が戻ってきたら言うておこうと考えた。

お志奈は小柄で綺麗《きれい》な顔だちをしているが、表情に少し愁《うれ》いがあって、なんとはなしに哀《あわ》れな気持ちにさせられる端女だった。

内心、可愛らしい顔だちだ、と思っていた。

粗忽な自分に照れ笑いをして戻ってくればいいがな、と口をへの字に結んだ。

「鈴木さま、お志奈をあまり強くお叱りになりませんように。粗忽ではございますが優しくていい気だてなのでございますので」

下女頭のお加世が気遣《きづか》って言った。

「叱りはせん。念のために言うておくだけだ。勘違いではあっても本人は仕事のつもりでやっておったのだからな」

ふふん、と善兵衛は軽く笑った。板敷に坐り、扇子でまた髷のつけ根をかいた。

そのとき、遠くで甲高《かんだか》い声が聞こえた。

女の悲鳴のような、猫の鳴き声のようにも聞こえる、かすかな声だった。

しかし善兵衛は不安にかられて、びくん、と顔をあげた。

続いて、廊下を慌《あわ》てて駆《か》ける物音がした。

「いかん」

即座《そくざ》に、予期せぬことが起こったのだと察した。

善兵衛は六十すぎの年とも思えぬ敏捷《びんしょう》さで跳《は》ね上がり、奥方の居室へと走った。

二

その夕刻、七ツ（午後四時頃）すぎ、南町奉行所定町廻り方同心・羽曳甚九郎は年番方《ねんばんがた》筆頭与力・高田伴右衛門《たかだばんえもん》に従い、奉行用部屋脇の廊下をすぎて奥向きへ通った。

廊下を二つ折れ、南側の廊下が行き止まりになる部屋の襖《ふすま》一枚の入り口の前で、高田に続いて跪《ひざまず》いた。

「高田でございます。羽曳甚九郎をつれてまいりました」

「羽曳甚九郎、お呼びによりまいりました」

高田と羽曳が襖へ向いて言い、中から「入れ」の声が聞こえた。

羽曳は高田の後ろから、五尺五寸（約一六五センチ）の痩せた背中を丸め、瞼《まぶた》の厚い一重の垂れ目と胡坐《あぐら》をかいた獅子鼻《ししばな》に不満げに尖《とが》らせた色の悪い唇が不気味な風貌を畳に落とし、紺足袋《たび》を畳にすり合わせた。

部屋は西側と南側が腰障子を閉じていて、東側と襖一枚の戸のある北側が土壁になっている四畳半の座敷だった。

障子には、日の名残りの夕焼けが奉行所の塀《へい》と庭の木だちの影を映していた。

行灯《あんどん》はなくとも、部屋はまだ薄明かりにつつまれていた。

東側の壁を背に濃い鼠《ねずみ》色の羽織を着た奉行が着座していて、傍らに土風炉《どぶろ》と五徳《とく》に架《か》かったやわらかな湯気をたてる茶釜《ちゃがま》があった。

ほかにも茶道具が並んでおり、この四畳半は奉行が茶室に使っていた。

北側の壁を背に目安方の鈴木善兵衛が坐っていて、袴の膝の上で扇子をじっと握りしめていた。

奉行が高田と羽曳に、坐れ、というふうに手で示し、高田と羽曳が西側の腰障子を背に着座し一礼すると、奉行が、

「もっと側へ寄れ」

と、低い小声で言った。それから茶を点《た》てる用意にかかった。

この夏、南町の奉行職に就職した四十代の壮漢である。

青ざめた横顔が不機嫌そうだった。

「羽曳、こういう務めは奉行所内ではおぬしがもっとも適任であろうと、高田の進言でおぬしにきてもらった。極めて難しい務めがある。とても重要な務めだ。

その務めをおぬしに頼みたい。失敗は……」

ないぞ――奉行は茶筅《ちゃせん》を動かしながら、少々くだけた言い方をした。

羽曳は頭《こうべ》を深く垂れた。そして言った。

「お務め、喜んでお引き受けいたします」

「務めの内容を聞かずともよいのか。難しい仕事だぞ」

「内容を聞いてから仕事の難しさに考えこみますと、お奉行さまは心もとなく思われるのでございましょう。失敗がないのであれば、羽曳甚九郎、必ず務めを果たして見せます」

土色に曇った内与力・鈴木善兵衛の顔に、ふ、とわずかな笑みが差した。

奉行は表情を変えず茶を点てると、まず羽曳の前に茶碗《ちゃわん》をおいた。

「頼んだ」

上体を戻し、そう言った。

鈴木――と、善兵衛を促した。そうして高田の茶を黙々と点て始めた。

「はあ」と鈴木は頷《うなず》き、羽曳へ膝を向けた。

「まずもって、この一件は奉行所の表向きで知る者は、これから聞くおぬしを入れてこの四人しかおらん。与力同心、中間小者《ちゆうげんこもの》、詮議役《せんぎ》だろうが年寄りだろうが、公用人に目安方、手附《てつけ》同心だろうが誰も知らぬし、知られてもならん。奥向きでこの一件が起こった折りに居合わせた者はおるし、奥向きの者は遠からず気づくであろうが、いっさい口外はならぬと厳重に命じてある」

羽曳は、なるほど、それでこの場所か、と部屋を見廻した。

夕焼けを映した障子の向こうで小鳥が、ちぃぃ、と鳴いた。

「どのような者を使い、どのように動いてもよい。が、一件の内容をたとえおぬしの腹心の手先であろうと、知らせてはならん。指図するおぬしひとりが、承知しておればよいのだ。わかるな」

鈴木は扇子で畳を突き、しつこく念を押した。

いよいよ不穏な雲行きに思われた。

羽曳は茶碗をあおり、ごくりと喉を鳴らした。

奉行が高田の前に茶碗をおき、高田が一礼して茶碗を持ち上げた。

「お奉行さまの奥方さまを、羽曳は存じておるか」

「はっ。瑞江さまでございます」

羽曳は鈴木に応えた。

「お顔は、存じておるか」

「はっ。天女のように清らかでお美しい奥方さまでございます」

奉行が横顔のまま、羽曳へ一瞥《いちべつ》を投げた。

「ふむ。存じておればよい。奥方さまがつれ去られた。かどわかしだ。堂々と、わが奉行所の奥向きよりつれ去りおった。手抜かりであった。わたしは腹をかっさばいてお詫《わ》びせねばならん。ぐふ……」

鈴木がいきなり感極まって顔を覆った。肩が小刻みに震えている。

「そんなことはよい。おぬしのせいではあるまい。先を続けよ」

奉行が語調を改めて言った。

「賊が奥向きへ侵入し、奥方さまを誘拐《ゆうかい》いたしたのでございますか」

「それが違うのだ」

と、隣の高田が言い添《そ》えた。鈴木は、あはん、とひとつ咳払《せきばら》いをした。

「誰の仕業かはわかっておる。奥向きにこの九月の出替りで半季の奉公に入っていた端女のお志奈という女だ。年は二十歳《はたち》。住まいは浅草山之宿町稲吉店。亭主がおる。三太郎十九歳。この男はどうやら仕事をしておらん。お志奈は両親はすでになく、江戸に縁者はおらん。三太郎も母親は行き方知れずで、父親が板橋宿で人足をしておるそうだが、確かなことはわからん。調べの者はすでに差し向けておる」

羽曳は唖然《あぜん》としていた。

「というとは」


不審が募った。すると二十歳のお志奈という端女が十九歳の亭主の三太郎と共謀《きょうぼう》して、町奉行所の奥方をかどわかし金銭を要求しているのか。もしそうならば、大胆だが愚かな。それとも奉行所に何か、遺恨《いこん》でもあったのか。

「ということは、お志奈の手引きで亭主の三太郎を密《ひそ》かに奥向きへ導き入れ、機をうかがって奥方さまを拉致《らち》し、ともに姿をくらましたわけですな」

「それも違うのだ」

と、高田が再び言った。

「違う？　では別に仲間がおるのですか」

善兵衛がぎゅっと顔をしかめてうなった。

「亭主を手引きしたのではないし、おそらく、かどわかしの仲間もおらぬ。お志奈がひとりでやってのけたと思われる」

「女がたったひとり、奥方さまのお側近くまで忍び寄っていきなりかどわかしたのですか。奥方さまにお仕えの、奥女中、確か沢野どのでしたな、沢野どのはお側にはおられなかったのですか」

表向きの同心でも、奥向きの奥女中の名ぐらいは知っている。

「間《ま》の悪い偶然が、二、三、重なった。それがしが奥方さまのご用をうかがっておった。むろん、初めは沢野どのもお側におられた。本日は髪結のお八重が奥方さまの髪を結いにくる日であった。刻限が近くなり、沢野どのは髪結の支度《したく》のためにわたしより先にお側より座をはずされた。それがしも沢野どのも奥向きの勤めが長く、気心がわかっておるゆえつい気を許した。で、お八重がまいり、それがしはお側を離れた」

「沢野どのはお八重と一緒ではなかったのですね」

「そこがわれらの落ち度であった。沢野どのはお八重がまいればそれがしのご用がすむことがわかっておるゆえ、それがしと入れ替わりにお側に戻る段取りで台所にて湯の支度などを整え待っておった。慣れとは恐い。気配りがゆるんで、われら、大体いつもそんな具合であった。お志奈はその入れ替わりのわずかな隙《すき》を狙って、大胆にも奥方さまかどわかしを謀《はか》りおったのだ」

「奥方さまと髪結のお八重の二人がいるのにですか……」

羽曳は小首をかしげた。

入れ替わりの隙を狙ったとは言え、女ひとりでそんなことができるのか。お志奈とはどんな端女だ。百人力の大女なのか。

「ならば鈴木さまがはずされたあと、お八重がお志奈を手助けした、とかは」

「それもないと思う。奥向きに出入りさせる前、お八重の身元は調べた。遊里を主に廻る女髪結ではあるが、木挽町で職人の亭主と子とともに地道に暮らしておる。お志奈と共謀する謂《い》われはないし、お志奈とのつながりも知る限りいっさいない。中庭を奥へ向かうお志奈に声をかけたあと……」

と、善兵衛がお八重よりの聞きとりをしたかどわかしの顚末《てんまつ》はこうだった。

奥方は明るい縁廊下の方を向いて坐り、お八重は市井《しせい》の世間話を面白がる奥方と話を交わしつつ、髪結の道具をそろえていた。いつもそうするのだった。

そこへ、居室の次の間から「お湯をお持ちいたしました」と声がかかった。

襖の外にお志奈が、傍らに手拭をかぶせた桶をおいて手をついていた。

お八重は端女が奥向きのご用はしない武家の仕きたりを知らず、お志奈を怪《あや》しまずに桶を受けとろうとした。途端《とたん》、お志奈は桶から出刃包丁をつかみ出し、お八重の喉元《のどもと》に当て、「大人しくしろ」と始まった。

啞然となったお八重を押し倒し、馬乗りになって出刃包丁を口に咥《くわ》え、桶に一緒に隠していた縄で素早く縛り始めたのだから、鉄火《てっか》な女だった。

お志奈は小柄だが、十三の年から端女仕事をしていて見かけ以上に力があり、お八重の抵抗は虚《むな》しかった。

奥方はいきなりお志奈が働き始めた狼藉《ろうぜき》のわけがわからず、呆然《ぼうぜん》としてそれを見ていた。しかしお八重は縛られながらも、

「奥方さま、お逃げを」

と叫んだ。さすがに不穏《ふおん》なりゆきに気づいた奥方が縁廊下から逃げようとしたとき、お志奈が喚《わめ》いた。

「逃げたらこの女を刺す。あんたのせいで罪もない女の命がとられるんだよ」

お志奈の必死の形相《ぎょうそう》に、奥方は逃げられなかった。

「やめて。逃げないから」

と、浮かしかけた腰を下ろしたという。

お志奈はお八重を縛り上げ、猿轡《さるぐつわ》を咬《か》ませた。

それから奥方の側へ走り、奥方の細い手首をつかんで出刃包丁を突きつけた。

「あたしと一緒にくるんだよ。命が惜しかったら大人しく言うことをお聞き」

「え？　どこへいくの。わたしはこれから髪を結うのよ」

「髪なんかどうでもいいんだ。さっさとおし。いいかい、人に遇《あ》ったら、あたし

をお供にしてちょっとお出かけのふりをするんだ。変なことをしたら、あんたの綺麗な顔に疵《きず》をつけるからね。二目《ふため》と見られぬ顔にしてやるからね」

「いやだ。顔だけは疵つけないで。あぶないから、そんなものしまって」

お志奈は奥方とそんな言い合いをしつつ、お八重を残して奥方をつれ去った。

ほんのわずかな間だった。

「それだけ？　それだけで、奥方さまはつれ去られたのですか」

たったそれだけ——と、羽曳は釈然《しやくぜん》としない。

「奥方さまの居室から廊下の先に前庭へ出る潜戸《くぐりど》がある。お志奈は当然、潜戸から前庭へ出られることを知っていた。不運は重なるものだ。前庭を通用門までいく間、奥方さまとお志奈はたまたま誰にも出会わなかった」

善兵衛が応えた。

「通用門の門番は……」

「お女中の沢野どのが従っておらぬので妙には思ったそうだ。だが、奥方さまがにこやかに、ちょっと用がありますのでと仰《おつしや》られ、お供にお志奈がついておりおひとりではないので、門番もお気をつけて、とお通しした。お供が武骨《ぶこつ》な男であれば違ったであろうが、お志奈も端女には惜しい綺麗な顔だちでな。綺麗な顔が二つ、にこにことしておれば誰も怪しまぬ。口惜しいことに」

ふうむ、と羽曳はうなった。

釈然としない思いを抱きつつ、ぬるくなった茶をすすった。

「そこまでは、よいか」

奉行が物思わしげに言った。

「はあ。ですが、何か変です」

と、つい口にした。

「何が変だ」

「事がたやすく運びすぎます。出刃包丁を突きつけられていたとは言え、相手はたかが端女ひとり。お奉行さまの奥方さまが、そんな簡単につれ去られるでしょうか。無礼者、さがれ、と一喝《いっかつ》するのもあったでしょうし、門を通るときでも、お志奈は出刃包丁をかざしていたわけではないでしょう。隙を見つけてぱっと逃げる、あるいは機を見て門番の後ろへ素早く隠れる、とかなんとかできなかったのですかな」

羽曳の疑念に、奉行は口を結んだ。

「奥方さまを存じあげぬおぬしからすれば変かもしれん。だが、それがしは変とは思わぬ。奥方さまはお公家筋のお嬢さま育ちであられる。髪ふり乱し血相変えて人にたち向かうというようなあられもないふる舞いは、なさらぬのだ。そうい
う武骨なことは好まれぬお育ちなのだ」
善兵衛が代わって言った。
「お言葉にも暮らし方にも裏表がいっさいない。いやなものはいや。いいものは
いい。いらぬものはいらぬ。欲しいものは欲しい。したくないときはなさらぬ。
したいときはなさる。そういうお方なのだ。でございますよね」
善兵衛が奉行へ上体を折った。
「う、うん。まあそうかもな」
奉行が躊躇《ためら》いつつ、頷いた。
「無邪気なほど真っ正直で可愛らしい奥方さまなのだ。そういう育ちのお方であ
るゆえ、もしお志奈に命が惜しくば、と出刃包丁を突きつけられたなら、あ、そ
うなの、大人しくするから乱暴しないで、と仰りかねない」
善兵衛の奥方の口真似《まね》に、くすっ、と高田が小さく吹いた。
「あらがって無様《ぶざま》に乱れるよりは、大人しくかどわかされ、静かに事態が収まる
のをお待ちになる方を選ばれるとそれがしは思う。たとえ命があやうくされよう

とも、とにかく、乱暴なふる舞いはおきらいでいらっしゃる」

それでお志奈の言いなりかい。なんとのどかな奥方さまじゃねえか――羽曳は困惑を覚えつつもおかしくなって、笑うに笑えず、眉間《みけん》の皺《しわ》を指先でのばした。

「さようですか。ならば四の五の言うておる場合ではありませんな。かどわかしには遺恨《いこん》、あるいは人を売り買いする人さらいが狙《ねら》いでなければ、なんぞ要求があるはずです。思うにお志奈には、町奉行所のお奉行さまの奥方さまだからこその狙いがあるのではありませんかな。そうでなければ、頭がどうかしている。さっそくお志奈とかけ合い、何がのぞみで奥方さまをさらったのか、確かめなければ」

「お志奈が何が望みで奥方さまをかどわかしたのか、要求はもうわかっておる。お志奈はこの手紙をお八重を縛りつけた縄に挟《はさ》んでいきおった」

善兵衛が懐から折封《おりふう》になった手紙をとり出した。

「お志奈の要求が書いてある」

と、羽曳に手渡した。

「ほお、要求が。それは手廻しのいい。では」

羽曳は折封をさらりと開いた。

「身分卑《いや》しき端女が高貴なお血筋の奥方さまをかどわかすなどと、そんな愚かしい下剋上《げこくじょう》のような行ないは、この太平《たいへい》の世にあり得ぬことだ。あり得ぬことを世間は知る必要はないし知られてもならん。奉行所の面目を損なわぬために、わかるな」

善兵衛の口ぶりが、急にひっそりとして生臭《なまぐさ》くなった。

「そのうえでこの一件、奥方さまが無事、無疵でお戻りになることのみを最優先に臨まねばならぬ。お志奈を捕《と》らえようが逃がそうが、死のうが生きようが、そこに書かれてある本庄虎右衛門なる安佐野の用人がどうなろうと、どうでもよいのだ。すなわちそれは、奥方さまの身に何かあったら、事情はどうであれ、おぬしは務めを果たせなかったことになる」

夕焼けが落ちて、部屋はだいぶ暗くなっていた。

薄暗い中でも羽曳は手紙を読み終え、元に閉じた。

茶釜の湯気が、暗いのになぜか白く見えた。

羽曳は八丁堀同心のふてぶてしい笑みを見せ、奉行へ手をついた。そして、

「お任せを」

と、ふてぶてしく言って頭を垂れた。

ただし、賽《さい》の目はふってみるまで何が出るかわかりませんがね、という言いわけを腹の中にしまったが。

三

《おぶぎょうさま江一ひつまいらせ候《そうろう》　わがていしゅ三太郎がぶじにかえってこられますようおぶぎょうさまのお力ぞえ　おとりはからいお願いたてまつり候　わがていしゅ三太郎はおはたもとの安佐野さまごほうこうのほんじょうとらえもんという用人にかどわかされ　すだ村の安佐野さまのりょうへつれこまれ　いまごろはひどい目にあわされており候　ていしゅがぶじにかえってこられなくなり候ときはおつれしたおくがたさまもぶじにおかえしもうさず候　わがお願いをおききいれくだされ候ときは十月三日ひる九つ（正午頃）花川戸かしばにわがていしゅひとりをのせたやねぶねをごよういくだされたく候　ていしゅのぶじがわかればおくがたさまをぶじおかえしもうし　わがていしゅともどもやねぶねにてたいさんいたすしょぞんゆえ　おみのがしお願いいたてまつり候　おくがたさまをぶじかえしてほしくばわが願

いを何とぞ何とぞかなえ　ぶしに二言なきようお願いたてまつり候　おぶぎ
ょうさまのごへんじはこちらよりおうかがいにまいりますゆえご心配なきよ
うお願いたてまつり候　おききいれなきときはおくがたさまお命とわが命を
ともになきものにするかくごにてござ候　あなかしこ》
羽曳はお志奈という端女《はしため》の無謀な仕業に、ただただ呆《あき》れた。
それから、惑乱《わくらん》した女の浅知恵に「つまらねえ仕事を増やしやがって」と腹だたしくてならなくなり、その一方で、文面より伝わるお志奈の愚かゆえに必死な覚悟にやりきれなくさせられた。
まったく馬鹿な女だぜ——と、夜空へ呟《つぶや》いた。
本気で逃げられると思っているのかよ。そう思うと苛《いら》ついた。
「へえ、旦那、なんです？」
従う手先の梅吉《うめきち》が後ろから訊いた。
「独り言だ。なんでもねえ」
羽曳は梅吉へ見かえり、同じく手先で梅吉の手下の丈太《じょうた》に頷いた。
梅吉は三十代半ば、丈太は三十前で、二人が羽曳の手先についてそれぞれ十数年と五、六年になるところだった。

梅吉は背丈が五尺八寸（約一七四センチ）、丈太は五尺九寸（約一七七センチ）あって、五尺五寸の痩せて背中を丸めた羽曳と較《くら》べ、二人の肉づきのいい堂々とした体軀《たいく》が夜目《よめ》にも目だった。

羽曳は木挽町の裏店に髪結のお八重を訪ね、梅吉と丈太に「おめえらは……」とはずさせ、奥方かどわかしの模様を訊き直した。

そして、この一件は「亭主にもしゃべっちゃならねえぜ」と念押しをした。

次に、木挽町から八丁堀《はっちょうぼり》へ向かった。

南八丁堀にある小料理屋の格子戸を開けたのは、夕刻の六ツ半（午後七時頃）だった。

小料理屋は小広い店土間に縁台が数台並び、縁台に腰かけ、銘々膳《めいめいぜん》を前にした客で混雑していた。

注文を聞く女たちの声が店のざわめきにまじり、店奥の板場の通り口に下がる半暖簾《のれん》が、忙しく出入りする女たちの島田に触れるたびになびいた。

客の殆《ほと》どは黒羽織の町方同心とその手先らで、この店は八丁堀同心らの、殊《こと》に南町の同心らの溜《たま》り場だった。

煙草《たばこ》の煙、燗酒《かんざけ》の匂い、焼物や煮物の湯気と煙、同心らの熱い語り口や賑《にぎ》やかな談義が、息苦しいほどに充満していた。

小泉重和は市中取締諸色調掛の同心三人と、高らかに笑い声をたてていた。

顔色の青白い優男《やさおとこ》だが、目の縁の隈《くま》が風貌を損なっていた。

すでに頬が赤らみ、隈はいっそう黒ずんで見える。

「小泉、ちょいと話があるんだ。顔貸せ」

小泉と同僚らは縁台の傍らへ不意に現れた羽曳と二人の手先を見上げ、哄笑《こうしょう》をにたにた笑いに変えた。

「なんでえ、いきなり。今日の仕事はしまいだ。野暮《やぼ》は明日にしろ」

小泉は羽曳にひと言かえして同僚らへ「なあ」と言った。

「急ぎなんだ。みんな、機嫌よく呑《の》んでるところを悪いが、御用の話だ。話はすぐすむ。借りるぜ」

御用なら仕方がねえ、ちょいといってすましてこい、いってこい、いってこい……

同僚らは酒が入って機嫌は悪くない。

「ちぇ、仕方がねえな。外で待ってろ。すぐいくからよ」

小泉は猪口《ちょこ》をあおり、音をたてて膳に戻した。

羽曳は不機嫌そうに表へ出てきた小泉を、隣家の間の路地へ導いた。

店の板場の窓明かりが暗い路地を薄っすらと照らし、店の賑わいが聞こえている。

「さっさとすませろ」

小泉が羽曳の背中に突っかかり、羽曳はふりかえった。

気を利かせた梅吉と丈太は、少し離れた路地の角近くに佇《たたず》んだ。

「三味線堀の安佐野家の用人を勤める本庄虎右衛門を、知っているな」

「本庄？　ああ、知ってる。安佐野家の傾きかけた台所をたて直したきれ者だ」

「譜代《ふだい》の用人かい」

「いや、元は伊勢《いせ》の両替商の手代さ。とにかく小僧奉公のときから有能で、手代になってから江戸店に勤め替えになりもう十年以上になるらしい。番頭から平頭《ひらとう》取《どり》になったころ、御用達《ごようたし》の旗本の安佐野家に金勘定の腕を見こまれて用人にとりたてられ、商人から二本差しになった算盤《そろばん》侍さ」

「やり手なんだな」

「ああ。寄合席とは言え、七千石の旗本・安佐野家の台所を実際にきり廻しているのは本庄虎右衛門さ。その分、少々金に細《こま》けえし、元は手代にしちゃあ横柄《おうへい》な野郎だがな。本庄がどうかしたかい」

「安佐野家の向島の寮で、表向きは家人の保養の別邸を装《よそお》って、じつは夜な夜な賭場が開かれているそうだな。その賭場を仕きっているのが本庄虎右衛門で、お陰で安佐野家は結構な寺銭《てらせん》を稼《かせ》いでいるそうじゃねえか」

「装って、というのは穏やかじゃねえぜ。調べたわけじゃねえだろう。そうかもしれねえし、そうでねえかもしれねえし。おれは知らねえ。それより用件を言え」

「その本庄虎右衛門が、山之宿町の三太郎という男をひっつかまえて向島の寮につれこみ、痛めつけているらしいんだ。大身《たいしん》のお旗本のきれ者の用人が、やくざまがいに男をてめえんちへつれこんで痛めつけるんだから、なんぞ落とし前をつけなけりゃならねえよっぽどの事情があるんだろう」

「山之宿の三太郎？　知らねえな。どういう男だ」

「しけた小者だ。うちの梅吉の話じゃ、そこら辺の地廻りですら相手にするほどの野郎じゃねえとさ」

「よっぽどの事情が、知りてえのかい」

「違う。事情なんぞどうでもいいんだ。三太郎を許して女房のところへかえしてやれって、本庄の虎右衛門にとりなしてほしいのさ。あんたなら、簡単だろう」

「そんなしけた野郎を女房のところへかえしてやれってえのが、御用なのかい。羽曳ぃ、おめえふざけてんのか」

「ふざけちゃいねえ。これは御用だ。間違いねえ」

「ふうん？」

小泉が目の隈を指先でかき、眼差《まなざ》しに不審を浮かべた。

「わけを聞こうじゃねえか」

羽曳は、奥方かどわかしの経緯はくらまし、三太郎を女房のお志奈の元へ無事かえさなければならない事情ができた、と話した。

小泉のにたにた笑いが、路地の暗がりの中でもわかった。

「それじゃあよくわからねえぜ。もったいをつけやがってよ。安佐野家もお奉行さまも同じ旗本だ。そっちの筋から話をつけて、主《あるじ》から家来の本庄へ命じさせりゃあ、事は簡単じゃねえか」

「それはそうだがな、この御用は筋を通して表沙汰にするのは、少々はばかりがある一件なんだ。むろん、今はまだおめえにも話すわけにはいかねえ」

「なんであんたが、本庄に直に会ってかけ合わねえんだ」

「だからよ、元は手代でも今は旗本・安佐野家に仕えるれっきとした二本差しの本庄さまだ。おれが直にかけ合って、御用ならば主家《しゅか》を通していただく、とかなんとかなると話しがこじれるだろう。けど、本庄はあんたと結構、親密な間柄だそうじゃねえか。二年前、安佐野家の向島の寮の賭場をご開帳にあたっては、あんたが陰《かげ》になり日向《ひなた》になり相談に乗ってやったってえ噂《うわさ》を聞いているぜ」

小泉はにたにた笑いを消し、鼻を鳴らした。

「心配すんな。賭場のことをどうこう言う気はいっさいねえ」

「ざけんな。心配なんぞしてねえ」

「つまり、安佐野家の台所をきり廻すきれ者の本庄さまにお頼み事をするには、あんたを通した方が事が穏便《おんびん》に運ぶんじゃねえかと考えたのさ」

羽曳は小泉を睨《にら》みかえした。

本庄が安佐野家にとりたてられる前に勤めていた外神田《そとかんだ》の両替商は、小泉が《お出入り》を願われていたお店だった。

表通りで商いを営む大店や老舗は、特定の町方に《お出入り》を願って、治安上、あるいは営業上、町方より様々な便宜を受ける場合が少なくなかった。

《お出入り》を願うに当たっては、その町方に相応の謝礼が届けられる。

小泉と本庄には、その当時以来の親密なつき合いがあった。

小泉はしばらく考え、苦々《にがにが》しげに言った。

「ちぇ。わかったよ。明日、おれがいってくらあ。それでいいだろう」

「急ぎだ。今からいってくれ。返事は、そうだな、花川戸の河岸場に近い堤端に、《みかみ》ってえ一膳飯屋がある。酒も呑ませる。おれたちはみかみへいって、そこで酒でも呑みながらあんたを待ってる」

「みかみ？　知ってらあ。なんでみかみなんだ」

「それも今はまだ、話せねえ」

「羽曳ぃ、言っとくが、裏には裏の掟《おきて》があってな。裏の顔にも面目がたつのたたねえのってえ言い分があるんだ。お上《かみ》が裏の面目のたつのたたねえのに棹《さお》さすなら、たとえお上でも土産《みやげ》が必要だぜ。あんた、土産を用意できるのかい」

「土産によるな。こっちも言っとくが、小泉、奉行所がぶちきれたら旗本だろうと大身《たいしん》のなんとかだろうと、裏の面目なんぞ芥《あくた》だぜ。下手《へた》をやらかしたら、あんたもおれも芥の妙なとばっちりをかぶることになるかもしれねえよ。お上の手先を勧める町方なら、そこんとこ、わかるよな。お互い気をつけようぜ。吉報を待ってる。吉報しかねえがな」

羽曳は小泉の傍らをすり抜け、梅吉と丈太に「いくぜ」と声をかけた。

雪駄を鳴らし、三人は路地をあとにした。

「くそがっ」

小泉は羽曳と手先の消えた路地の角を睨み、いまいましげに唾《つば》を吐《は》き捨てた。

四

半刻《はんとき》（約一時間）後、小泉は静まりかえった寮の裏庭に雪駄を鳴らし、やけに綺麗な向島の星空にもっこりとした影を見せる土蔵の板戸をくぐった。

今夜も土間は行灯が煌々《こうこう》と灯《とも》って明るく、稽古着や帷子《かたびら》を片肌脱ぎや諸肌《もろはだ》脱ぎにして袴《はかま》に垂らし、身体をてらてらと光らせた侍の姿が幾つも見えた。

それぞれ血に汚れた竹刀を握り、中には木刀や六尺棒を手にした者もいる。

本庄虎右衛門が先にたって、そんな侍らに囲まれ横たわる人影の傍らへ近寄った。

侍らは本庄と小泉に囲《かこ》みを開けた。

横たわる男は、侍らの竹刀の殴打を雨のように浴びたのだろう。焦げ茶の袷《あわせ》を諸肌脱ぎの後ろ手に縛られ、腹に巻いた晒《さらし》がしたたる血と汗で汚れていた。あばらの見える痩せた身体には、全身に青黒いみみず腫《ば》れや、皮膚の破れた血の筋が走り、髪はざんばらになり顔は紫色の頭陀袋《ずだぶくろ》のようだった。目は腫《は》れ上がった肉の間に埋まり、鼻は潰《つぶ》れ、歪《ゆが》んだ唇から血がいく筋も垂れていた。ぐったりとして、うめき声も身動きもなかった。

「ひでえなぁ」

小泉でさえ目をそむけた。

それでも、若い男ということだけはわかった。

とり囲んだ侍らの中に、鼠の小袖に黒袴の侍がまじっていた。

背は小泉より低いくらいだったが、着物に隠れた盛り上がった肩の肉やはちきれそうな胸が鍛え上げた体軀を容易に推量させた。

侍はひとり素手で、着物や袴に乱れはなかった。総髪に一文字髷の頭を垂れ、

「お役目、ご苦労でござる」

と、やや上州訛《じょうしゅうなまり》の残る語調で小泉に言った。

「小泉さん、こちら、このたび安佐野家に新規お召し抱えの剣術指南役の村井山《さん》

十郎《じゆうろう》です。村井、こちらは南御番所の小泉さんだ」

「村井山十郎でござる。よろしくお見知りおきを」

村井の茶色い顔色が、行灯の明かりを浴びて磨き上げた能面を思わせた。

「村井さん、強そうだね。流派はなんだい」

小泉は村井ににやにや顔を向けた。

「それがしは、神道無念流《しんとうむねんりゆう》を修行いたしました。伊勢崎藩酒井家《いせさきはんさかいけ》に仕えておりましたが、ゆえあって浪々の身となりました」

「伊勢崎でやすか。じゃあ、上州ですね」

「さようでござる」

どう見ても力自慢の百姓か渡世人《とせいにん》が二本を差した、本庄虎右衛門と同じ贋侍《にせ》だった。伊勢崎の酒井家に仕える武家の渡り奉公か、下男奉公ぐらいはしていたかもしれないが。

だがこういう手合いは本当に腕に自信があるのだ。

素ぶり千回などと平然と、無邪気にやってのける。なまじっか身分を継いだだけの侍より、本物の腕利きだから物騒だ。近ごろこういう手合いが増えた。

新規召し抱えと言っているが、三味線堀の安佐野の屋敷では承知していない寮の賭場の用心棒に、本庄がかってに雇い入れたのだろう。

小泉は周りの侍らを見廻した。

みな月代《さかやき》も剃《そ》らず、荒《すさ》んだ浪人風体《ふうてい》の者ばかりで、むろん、この男らも寮の用心棒にすぎず、安佐野家の召し抱えではない。

寄合席の大家でも、分度《ぶんど》を超えた武家の台所を維持するのに何かと物入りな世の中なのだ。二年前、この寮で賭場を開いてから、傾きかけた安佐野家の台所がようやくたち直ってきた。お家の台所をきれ者の用人・本庄に任せてきたお陰である。

しかし、向島の寮で何が行なわれていようと主は関知していない。あずかり知らぬ。

三味線堀の安佐野家では寮の差配《さはい》を本庄にいっさい委《ゆだ》ね、寺銭だけを収め素知らぬ顔を決めこんでいる。

小泉は今ひとり、道場の柱に縛りつけられた男の方へ視線を廻《めぐ》らした。

その男も相当痛めつけられて顔が歪んでいた。ただ、横たわった男ほどではなかった。黒ずんだ血が乾いてこめかみや唇にこびりついていた。

どちらにせよ、二人とも人相覚えが作れる顔ではなかった。

「二人とも、まだ生きてんだろうな」

小泉は横たわる男の傍らへ屈《かが》みながら本庄へ顔を向けた。

「そう簡単に楽にさせてやるわけにはいかぬ。生き地獄をたっぷり味わえばあとは冥土《めいど》で楽になる。苦あれば楽ありだ。あははは……」

「金勘定の鬼の本庄さんの折檻《せっかん》にかかっちゃあ、神さまだって泣きを入れるぜ。ところで、どっちが三太郎だ」

「こいつです」

かすれ声の男が、横たわった男の汚れた足を蹴《け》った。

三太郎の足は、棒きれのように蹴られたままだった。

「こいつか。こんなけちな野郎にお上がなんでかかずらうんだ。おう、てめえ、何もんでえ。何やらかした」

小泉は三太郎の額の血のついていないところを、指先でつついた。

三太郎は動かない。

「よし、痛めつけるのはこれまでだ。これ以上やったら死んじまう。本庄さん、ここらへんで許してやってくれ」

小泉は身体を起こし、両手を袖にしまって黒羽織をなびかせた。

「御番所のお指図とあれば、それは仕方ないが。わがお家にはわがお家のたてなければならない面目がある。これでも由緒ある旗本・安佐野家の用人を承《うけたまわ》っておる身分だからな。そちらの面目をたてればこちらの面目がたたず。買い手と売り手の呼吸でござる。そうではござらぬか、小泉さん」

「ござるもござらぬも、本庄さんらしいことを言うねえ。心得てるさ。本庄さんの顔がたつようにおれが間に入ってやるからよ。けど本庄さん、あんまりお上の足元を見るんじゃねえぜ。ほどほどにしときな。その方が身のためだ」

しかし本庄は薄ら笑いを絶《た》やさなかった。

「よろしゅうございます。小泉の旦那さんにお任せいたします」

と、いやみったらしく上方《かみがた》訛で言った。

「そうだ本庄さん、あんた、こいつのお志奈ってえ女房を知っているかい」

「お志奈って女房がいることは聞いておるが……」

「どんな女だい。何をしている」

「誰か、小泉さんにお志奈のことを話して差し上げろ」

「はあ。町内でも評判の別嬪《べっぴん》の女房と、聞いております」

と、かすれ声が応えた。

「ほお、別嬪の女房かい」

「ひとつ年上の女房で、半季か一季の端女奉公で能無しのこの野郎を養っており、ろくでなしの亭主にはすぎた女房だと」

「亭主がこんな目に遭っていることは知っているのかい」

「たぶん。女房がかばうのを引き剝《は》がしてつれてまいりましたから」

「引き剝がして？　山之宿の稲吉店だったな。お志奈は今もそこにいるのかい」

さあ、とかすれ声が首をひねった。

「奉公先は」

「奉公先がどこかまでは……」

「小泉さん、お志奈って女房がどうかしたのか」

本庄が訊いた。

「お志奈ってえ女房が、ちょいと気にかかるんだ」

小泉は袖をなびかせ、本庄へ向いた。

「本庄さん、稲吉店へ人をやって、少々手荒なことをしてでもお志奈をつれてきてくれ。奉行所の御用だと言ってかまわねえ。いなけりゃあ誰かに見張らせろ。お志奈が戻ってくるかもしれねえ。お志奈がなんぞ、知っていやがるのかもな。

おれはお志奈の奉公先を洗ってみる」

「わかった。任せろ。村井、すぐにそっちの手配をいたせ」

「承知いたしました」

村井が大きく頷いた。

「それと小泉さん、民吉も放すのか」

「民吉？　そいつあ民吉ってえのかい。どこのもんだ」

「隅田《すだ》村の百姓で、賭場の客の帰り船の船頭をやらせておった」

「そんな野郎までの面倒は見きれねえ。あんたの好きにしな。それより安佐野家の面目、というか買い手と売り手の落としどころの相談が先だわな。羽曳の野郎、妙に急いでいやがるからよ」

小泉の脳裡《のうり》に、羽曳が「女房のところへかえしてやれ」と言った言葉がひっかかった。ろくでなしの亭主をすぎた女房へかえしてやれってか。なんで女房なんだ。

小泉は三太郎を見下ろし、小首を廻した。

五

羽曳は朱房《しゆぶさ》のついた十手《じつて》で黒羽織の肩を、ぽんぽんと叩《たた》きながら一膳飯屋《みかみ》を見廻した。

天井に架けた二つの行灯が、暖かそうな明かりで長板二つを渡した卓と小あがりだけの小さな店中をつつんでいた。壁はくすんで飾り気のない古い店だが、隅田堤にしっぽりと似合った店だった。

「悪くねえ……」

羽曳は梅吉と丈太へ瞼の厚い垂れ目を向け、呟いた。

へえ、ここなら、というふうに梅吉が頷いた。

客は自身番の書役に雇われている可一という若い男と、町内の子供相手に手習い師匠をやっている高杉哲太郎とかいう浪人者の二人だった。

羽曳はその二人とは顔見知りだった。

自身番の可一は、羽曳の見廻りがこの界隈《かいわい》の分担になって、ちょくちょく顔を合わす機会が増えた。高杉哲太郎は、この秋の初め、下館の侍八人がぶった斬られた向島の一件で、同じ下館の浪人ということなので念のため話を訊いた相手だった。

高杉ののんびりとした穏やかな様子が、悪い感じを受けなかった。

それに、侍八人を殆《ほとん》ど一刀でぶった斬るそんな凄腕《すごうで》にも見えない。

向島の一件は、懐を狙った強盗の類《たぐい》ではなかった。辻斬《つじぎ》りにしては八人まとめてというのは多すぎる。家中《かちゅう》の侍同士の遺恨がらみ、というのが一番疑わしい線だった。

侍同士の斬り合いなら、浪人がらみでなければ町方の掛《かかり》ではない。

調べが進まぬまま、もう冬になろうとしていた。

亭主の吉竹が調理場の仕きり棚の暖簾を払い、いそいそと現れた。

後ろに亭主を呼びにいったよく太った女房のお富がかしこまっていた。

「失礼いたしました。ちょいと家主さんに呼ばれておりましたもので」

「いいんだ。急ぎじゃねえんだ。まず酒を頼めるかい。ちょいと喉が渇いている。冷《ひや》でいい。おめえらもいいな」

へえ――と、梅吉と丈太が応えた。

「肴《さかな》も任せる。だが夕刻から忙しくて飯を食ってねえんだ。なんぞ、腹にたまる食い物を出してくれるかい」

「さようですか。では肴のほかに冷や飯でよければお出しできますが」

「おお、飯がまだ残っていたかい。ありがてえ。おれは頼む。おめえらはどうする」

あっしらも、と二人は言った。

「じゃあ、酒と肴に飯を三つだ。それと、そっちの二人にも一本つけてやってくれ」

羽曳が、隣の長板の卓の可一と高杉へ手をふって言った。

「先客に、挨拶替わりだ」

そして黒鞘《くろざや》の刀を杖《つえ》につき、柄頭《つかがしら》へ両肘を重ねて寛《くつろ》いだ恰好になった。

「ありがとうございます」「お気遣い、いたみいります」と、可一と高杉が恐縮して羽曳に礼をかえした。

吉竹とお富が支度をしに調理場へ引っこんだあと、羽曳が訊《たず》ねた。

「ところであんたら、山之宿の稲吉店のお志奈と三太郎の夫婦者を知っているかい」

可一と高杉は顔を見合わせた。

羽曳は可一と高杉のその変化を見逃さなかった。

「なんだい、夫婦者になんぞあるのか」

梅吉と丈太が不敵《ふてき》な眼差しを二人へ投げていた。

「三太郎とお志奈のことを、先生と話していたところでしたので」

「どんな話だ。聞かせてくれねえか」

「三太郎の仕事が長続きせず、お志奈が思い悩んでいるので、三太郎にどういうふうに言い聞かせたものか、先生に相談しておりました」

「あんた、書役の可一だったな。名前で呼ばせてもらうぜ。お志奈と三太郎とは昔から親しいのかい」

「二人とも子供のころから知っています。お志奈は神田生まれで、丙寅《ひのえとら》の火事のとき指物《さしもの》職人の父親を亡くし、そのあと、母親と二人で花川戸に越してきたんです。十三のときから商家に下働きの奉公を始めて母親を助けていましたが、数年前、その母親を風邪をこじらせて亡くしまして、三太郎と夫婦になるまではひとり暮らしでした」

「ほお、そいつあ寂しい娘時代だな。器量よしと聞いたが、そうなのかい」

「三太郎と夫婦になるまでは、お志奈は人情小路では一番の器量よしで評判でした」

「人情小路？」

「自身番のある辻から浅草川堤までの、花川戸と山之宿の境の通りをここら辺では人情小路と呼んでいるんです」

「あそこは人情小路だったのか。で、その人情小路一の器量よしのお志奈はどういう気だての女なんだい」

「気だて、ですか」

「負けん気が強えとか、大胆なところがあるとか、そういうのだよ」

可一は小首をかしげた。

お富が冷酒の銚子《ちょうし》と猪口、つけ合せの大根とにんじんの漬物の皿を運んできた。

丈太が羽曳と梅吉へ順に酌《しゃく》をした。羽曳は猪口を口元へ持ち上げ、可一の応えを待っていた。

「大人しくて芯の強い娘でした。我慢強くて、それに働き者ですし。今もそれは変わりません。あ、この九月から南御番所の端女に雇われたと聞いていますが」

「ああ、そうだってな」

羽曳は曖昧に応え、猪口を一気にあおった。

梅吉と丈太はどんどん猪口を重ねていて、羽曳の猪口にもすぐつぎ足した。

「でも、ちょっと物事を思いつめるところがあって、一度思いたったら、一途《いちず》になって案外頑固かもしれません」

羽曳は猪口をすすった。

「三太郎とは夫婦仲はいいのかい」

「そりゃあもう、とても……」

「三太郎はお志奈より年下だと聞いたが」

「ひとつ下です」

「どんな育ちだ」

「母親はおりませんが、どういう事情でかは知りません。父親は日本橋の魚市場で軽子をやっていました。三太郎がまだちっちゃいころに花川戸の河岸場に仕事場が変わって親子して町内へ越してきたんです。父親は今は、板橋宿でひとり暮らしと聞いています」

「三太郎は、悪がきだったのかい」

可一は黙って頷いた。

「お志奈も三太郎も似たような境遇か。三太郎はお志奈と夫婦になって心を入れ替えて真面目《まじめ》に働くはずが、仕事が長続きせずお志奈に心配をかけているってわけだな。可哀想《かわいそう》だが、駄目なやつはどこまでいっても駄目なままだ」

「そんなことは……」

と、可一は言いかけて止めた。

高杉が可一の猪口に「さあ、可一さん」と酌をした。

「三太郎は、じゃあ今は働いていねえのかい」

「この夏まで、浅草寺の掃除の仕事を廻してもらっていたみたいですが」

「夏？　もう秋の終わりじゃねえか。何もせず、働き者の女房に食わしてもらっていやがったんだな」

羽曳は口元の酒の雫《しずく》を手の甲でぬぐった。

「隅田村の安佐野家の寮で開いている賭場の噂は、聞いているかい」

「聞いています。ここら辺では安佐野さまの賭場は評判ですから」

「どんなふうに評判なんだ」

「安佐野さまの寮は、お金持ちのお客ばかりが遊ぶ賭場だと」

「三太郎みてえな貧乏人相手の賭場じゃねえんだな。一昨日《おととい》の夜、そこの賭場の客が橋場への渡し船で船頭に化けた追剝ぎに襲われた。聞いているな。その追剝ぎの件で噂とか妙な評判とか、耳にしていねえか」

可一が小首をかしげ、考えた。

「橋場の追剝ぎの一件に、三太郎がかかわっているんですか」

「疑いはある。だが正確なことはわかっちゃいねえ。本当だ」

吉竹とお富が盆に乗せたいさきの甘辛煮と膾《なます》に漬物、味噌汁《みそしる》、白いどんぶり飯を運んできた。煮物と味噌汁が暖かそうな湯気をたてていた。

「おお、旨《うま》そうだ。こんな刻限にすまねえ」

「残り物ばかりですが」

「上等だ。食おうぜ」

羽曳が梅吉と丈太を促した。

「ところで亭主、頼みついでにもうひとつ、頼みてえことがあるんだ。むろん、御用の件だ」

「はい」

「しばらく、そうだな、明日から四日か長くて五日、みかみを借りてえんだ。河岸場を見渡せるこの店が具合がよくてな。ここを足場にして、やらなきゃならねえ御用があるのさ。おれたちのほかにも町方が出入りすることになるだろう。その間の借り賃は払う。ただし、できれば大っぴらにはしたくねえんだ。店の修《しゅう》繕《ぜん》とかなんとかを理由にして、急な臨時休業にしてもらえねえか」

「え？」

お富がきょとんとした顔で吉竹を見かえった。

「御用とあらば、いたし方ありません。明日から四、五日、休みにいたします」

吉竹がこくりと頷いた。

「すまねえな。あんたらも、これは内密にしといてもらわないと困るぜ」

羽曳は吉竹から可一と高杉に笑《え》みを向けた。

「それから可一、自身番にも明日から町方の用が増えるかもしれねえ。おめえ、みかみと自身番のとりつぎをやってくれねえか」

おめえ、みかみと——と、羽曳は亭主ではなく店の名で言った。

「幼馴染だったな。幼馴染がみかみに頻繁に出入りしてもおかしくはねえだろう。可一、頼めるかい」

可一も「はい」と応えた。

「高杉さん、野暮な話になってすまねえ。とにかく、このことは内密に頼みますぜ」

「承知しました。しばらくみかみにこられないのは残念ですが」

高杉はにっこりと頷き、応えた。

「あの、河岸場で何かあるんですか。それはもしかしたら、お志奈と三太郎に何かかかわりのあることなんですか」

可一は気が気ではなかった。

「お上の御用という以外、詳しいことは話せねえんだ。こいつらにだって話しちゃいねえ。いいか可一、手伝ってはもらうが、かってに探ったりしちゃあならねえぜ」

梅吉と丈太が、羽曳の傍らで勢いよく飯を咀嚼《そしやく》し汁をすする音が、夜更《よふ》けの店の中で凄《すさ》まじく聞こえていた。


ほぼ同じ夜更けの刻限、後ろ手に縛られ目隠しをされた隅田村の百姓・民吉が安佐野家の寮の用心棒らに、隅田川の河原へつれてこられた。

その後ろに、渋茶の羽織を着け黒鞘の二刀を帯びた村井山十郎が、静かな足どりを運んでいた。

隅田村のどこかで、犬の長吠《ながぼ》えが今夜も聞こえている。

民吉の怯《おび》えたあえぎ声が、犬の長吠えよりか細く続いていた。

侍らは、よろめきがちな民吉を支えたり、肩を小突いたりして河原の蘆荻《ろてき》の間を進んでいた。とき折り、

「ぐずぐずするな……」

などと、おし殺した声が民吉のあえぎ声にまじった。

河原の先に、隅田川が大きな暗がりになって広がっているのがわかった。

大きな暗がりは、男らの足音と吐息以外、すべての物音を暗闇の底につつみこんでいた。

暗がりの向こうに今戸あたりと思われる町明かりが、ぽつ、ぽつ、と見えた。

「とまれ」

村井山十郎の声が低く流れ、男らの影は立ち止まった。

民吉が、はあはあ、と荒い呼吸を繰りかえしていた。

「逃がしてやる」

かすれ声が民吉の目隠しをはずした。

民吉は大きな安堵《あんど》の溜息《ためいき》をついた。

「本庄さまの温情だ。いけ」

後ろと右脇に手下らが囲んでいて、前は隅田川の大きな穴のような暗がりだった。

左手に河原の黒い野が続いている。

寺島村の渡し場の常夜灯らしき明かりが、小さく灯っている。

民吉は後ろ手に縛られたままだった。

何も考えず、常夜灯と思われる小さな明かりを目指し民吉は駆け始めた。

ざわざわと蘆荻をかき分け、灌木《かんぼく》の枝に顔を打たれながら走った。

あひい、あひい、と恐怖から逃げる悲鳴のような息を吐いた。

二十間（約三六メートル）ほども駆けたときだった。

民吉は黒い野良犬が蘆荻の中を併走しているのに気づいた。野良犬の黒い影は民吉を追い越し、かき分ける蘆荻の先に素早く廻りこんだのを民吉は認めた。

息が止まり、叫ぶ間はなかった。

ひゅん、と風が鳴った。

「せえい」

村井山十郎の声が吠え、刹那《せつな》、袈裟懸《けさがけ》に打ち落とされた民吉は大きくのけぞった。

身体の力が急速に失《う》せていった。

声が出たが、最後まで続かなかった。

仰《の》け反《ぞ》ってよろけた民吉の身体に、どんと蹴りが浴びせられた。

民吉の痩せ衰えた身体は、ふわっと闇に浮かんで、それから隅田川の大きな暗がりの穴の奥へ吸いこまれていった。

おっ母《か》あ……民吉は叫んだ。

# 第三章　国士無双《こくしむそう》

一

深川油堀端《あぶらぼりばた》の山本《やまもと》町。

岡場所・裏櫓《うらやぐら》は、山本町の南西角地をしめている。

路地の両側に二階家の女郎屋がつらなる中に、《田島屋《たじまや》》という裏櫓の中では中規模の女郎屋が、格子部屋を路地に向けて客を呼んでいた。

と言っても朝のこの刻限、格子部屋の張見世《はりみせ》に嫖客《ひょうかく》が物色する女郎の姿はないし、路地をゆく客もいない。

田島屋と筆書きした柱行灯《あんどん》が架かった表の両開きにした戸口を、請《う》け人《にん》の男と十歳の童女がくぐった。

請け人は土間の掃除《そうじ》をしていた若い者と慣れた挨拶《あいさつ》を交わし、

「上がらせてもらいますよ」

と、かって知ったふうに右側に格子部屋を見て、二畳ほどの三和土《たたき》の前土間の上り框《かまち》から板廊下へ上がった。

若い者も顔見知りの請け人へ「どうも」と、慣れた挨拶をかえすのみである。

請け人は廊下をいきながら、傍《かたわ》らの童女へ笑いかけ、

「大きな家だろう。ここがこれからお前の家になるのだよ」

と言った。

童女は幾《いく》ぶん青ざめた顔を頷《うなず》かせた。

女郎屋は概《おおむ》ね、二階が女郎部屋、あるいは接客座敷になっていて、階下に主人家族の暮らす住居や内証《ないしよう》、部屋を持たない端女《はした》郎のすごす大部屋、台所、風呂場、雪隠《せっちん》、納戸《なんど》部屋、布団《ふとん》部屋などがある。

請け人は童女をともない、廊下から台所の土間続きの板敷《いたじき》へ入った。

台所では数人の端女《はしため》が、竈《かまど》や流し場の周りで忙しそうにたち働いていて、誰も請け人と童女を気にかけなかった。

請け人は、板敷を抜け暖簾《のれん》の下がった内証の出入り口の前までくると、たち止

まって羽織《はおり》の襟《えり》をつまんで改めた。

軽い咳払《せきばら》いをひとつし、内証に下がった暖簾を半開きにした。

「ご主人、遅くなりました。昨日お話しした子供をつれてまいりました」

内証から主人らしき男の声が聞こえた。

「ああ、甲兵衛《こうべえ》さんか。待ってた。まあ、お入り」

請け人と童女が暖簾をくぐり、内証に入っていった。

台所の板敷と板廊下ひとつを挟《はさ》んで納戸部屋があり、納戸部屋の隣が布団部屋になっている。

瑞江はその布団部屋の二枚襖《ふすま》を二寸（約六センチ）ばかり開けて、年配の請け人が童女をともなって向かいの台所の板敷へ廊下を折れるのを見ていた。

台所へ折れた請け人と童女は見えなくなったが、ご主人遅くなりました、や、まあお入り、と請け人と主人が交わした声は聞こえた。

布団部屋の襖の隙間から、廊下を隔《へだ》てて台所の板敷と土間が少しばかり見通せた。

瑞江は、お志奈がしぶしぶ用意した桶《おけ》の水でようやく顔をぬぐうことができたところで、さっぱりした気分だった。

昨日、お志奈に奉行所から無理やりつれ出されるとき、化粧箱だけは持っていかせて、と慌《あわ》てて化粧箱を風呂敷につつんでいると、風呂敷包みをとっさに肩に担《かつ》いだのはお志奈である。

「こうしないと恰好《かっこう》がつかないだろう。さっさとおし」

と、お志奈に出刃包丁を突きつけられ恐い顔で睨《にら》まれたけれど、お陰で化粧箱は持って出ることができた。

化粧箱は旅用の旅払箱というもので、中には眉箒《まゆほうき》、紅筆《べにふで》、化粧水の花の露《つゆ》、油壺《あぶらつぼ》、白粉《おしろい》包み、櫛《くし》や笄《こうがい》、丸鏡などが入っている。元結箱《もとゆいばこ》やほかの化粧用の手箱までは、お志奈の剣幕を見ればとうてい無理だった。

しかし、髪結のお八重の結った島田は今日で五日目なのにまだ崩れていないのが具合がよかった。

昨日は門番に気づかれないよう、どきどきしながら奉行所通用門を出て、お志奈に命じられるままずいぶん歩かされた。お志奈はぴったり寄り添い、

「変な真似《まね》をしたら二目《ふため》と見られない顔にしてやるからね」

と、脅しをかけて急がせた。

そんなことをされては堪《たま》らないので、瑞江は懸命に歩いた。

数寄屋橋御門から尾張《おわり》町の大通りへ出て、新両替町《しんりようがえ》、京橋《きょうばし》を渡り日本橋南《にほんばしみなみ》通《どお》りの人混みの中を日本橋、日本橋川に沿って次が永代橋《えいたいばし》、川風の心地よい大川を越えて深川のこの岡場所までつれてこられてくたびれた。

ただ、瑞江はあんな気ままに市中を出歩いたのは初めてだったので、表店《おもてだな》がどこまでもつきない通りをゆき、夥《おびただ》しい人混みにまみれ、荷車、川船、行商、門付《かどづけ》芸人、勧進《かんじん》の辻《つじ》説法、と何もかもが物珍しく、無理やりでもちょっと胸が躍った。

裏櫓の女郎屋・田島屋の勝手口にお千瀬《ちせ》という白粉べったりに燃えるような口紅の女郎が、朱の長襦袢《ながじゆばん》で出てきたときは吃驚《びっくり》した。

「見られても知らぬふりしてついてくるんだよ」

お千瀬に導かれるまま、このかび臭い布団部屋に入った。

途中、台所の土間で働いている端女にじろじろ見られた。ちょっと目をつぶってて
「縁のあるわけありの知り合いなの。ちょっと目をつぶってて」

と、お千瀬は掌《て》を合わせてごまかした。

布団部屋は狭くて暗く、埃《ほこり》っぽくていやだったが、くたびれていたからそれ以

上歩くのはもっといやだった。

「じゃあ、今晩ひと晩だけ。それ以上は無理だよ」

お千瀬が言い、お志奈は薄っすらと目を潤ませ、こくりと頷いた。

お千瀬は、雪隠はどこそこで、人目を気をつけて……と細々《こまごま》と気を配り、「喉《のど》が渇《かわ》いたらこれを」と、ぬるい湯を入れた鉄瓶《てつびん》と湯呑《ゆのみ》を二つ残して布団部屋を出ていった。

田島屋は夜遅くなっても客足が途《と》ぎれず、女郎の嬌声《きようせい》や客の騒ぎ声、客引きや遣《や》り手の呼びこみ、三味線《しやみせん》太鼓《たいこ》に鉦《かね》の音、廊下や階段を引っきりなしにとんとんと踏む音がうるさくて、布団にくるまっても目が冴《さ》えた。

お志奈は横にならずじっと坐《すわ》り続けていて、必死に何かを思いつめているみたいだった。

「あなた、大丈夫?」

瑞江が布団の中から声をかけると、

「いいからさっさと寝ちまいな」

と、叱《しか》られた。

だが、布団部屋の布団は薄っぺらでかび臭いし、見世の方や台所はうるさいし、何よりもお腹がすいて、なかなか寝つけなかった。

「ああ、お腹がすいた」

溜息《ためいき》と一緒に声が出た。

「《大坂屋《おおさかや》》のしぐれ饅頭《まんじゆう》が食べたい。新両替町の老舗《しにせ》なのよ」

瑞江は御用達《ごようたし》のお菓子司・大坂屋の手代が届けにくるしぐれ饅頭が大好きだった。

「ひと晩くらい食べなくたって、死にはしないよ」

お志奈はずっとぷりぷりしていた。

怒らせたら顔を疵《きず》つけられそうなので、瑞江は無理やり目を閉じた。

それでも長く歩いて疲れていたせいか、よく眠れた。

台所の板敷で、女郎たちが賑《にぎ》やかに朝ごはんを食べている声といい匂いで目が覚めた。お腹は昨日よりすいていた。

田島屋は泊まりの客が帰ったあと、部屋べやの掃除や昼見世の支度、次々とやってくるご用聞きの対応に、朝は朝で雑然とした賑やかさにつつまれていた。

「逃げないから、顔をふく水くらいはなんとかして」

と、お志奈にしぶしぶ用意させた桶の水で顔をぬぐい、さっぱりした気分で化粧水を自慢の滑《なめ》らかな肌につけているときだった。

　廊下の方で、「大きな家だろう。ここがこれからお前の家になるのだよ」という男の声が聞こえてきて、瑞江は布団部屋の襖を二寸ほど開けて、年配の男と童女が廊下をくるのを見たのだった。

「何してるの。見つかるじゃないの」

　お志奈が怒るのを「大丈夫よ」となだめて、

「あの小さな女の子は、どうしたのかしら」

と訊《き》いた。

「この女郎屋に売られてきたんだよ。よくあることさ」

　瑞江の頭の上から襖の隙間をのぞいたお志奈が、つまらなそうに言った。

「女郎屋に売られにきたの。あんなに小さな女の子が」

「そうさ。女郎になる年まで姉さん女郎の下について、いろいろ修業をつんで、それから一人前の女郎になるんだ。女郎にならない子は、あたしみたいな貧乏な端女になるしかないもの」

「あの女の子が女郎に？　それじゃあ人買じゃないの。あの男の人は人買なの」

「あの男は女衒《ぜげん》といって、人買と同じさ」

「人買は罪なのよ。禁じられているのよ」

「だから人買じゃなくて、表向きは年季奉公にするの。女衒が請け人になって、奉公という表向きにして子供を買うのは法度《はっと》に触れないから、人買はできるんだよ」

「そんなこと、許されるの？　奉行所は何してるの」

「奉行所は弱い者のためには何もしないよ。あんた、お奉行さまの奥方でしょう。あんたがお奉行さまに言いなよ」

「今度言っとく」

瑞江はお志奈へふりかえり、真顔で言った。

「水はもういいのかい。早く化粧をすませな」

お志奈はやはりいらいらしている。人をかどわかしたのだから気が昂《たか》ぶっているのはわかるけれど、「そんなに張りつめてばかりじゃあ保《も》たないわよ」と瑞江は思った。

怒らせると恐いから言わないけれど。

「ねえ、お水はもういいからご不浄《ふじょう》へいかない」

「ええ、またあ」

ずに布団部屋に戻ってきてほどなく、お千瀬が握り飯を拵《こしら》えて持ってきてくれた。

「お腹すいたでしょう。これを食べて」

「ありがとう。これを食べたらわたしたちもういくから」

「ごめんね。助けてあげられなくて」

「ううん、とても助かったよ。もう充分」

「いく当てはあるの」

「あるよ。心配いらない」

お志奈は無理やり笑って応えた。

お千瀬は瑞江をまぶしげな目で見た。着ている物も見栄えも年も、お志奈とはまるで似合わない。お志奈と瑞江の二人づれを相当なわけありということだけは誰でもわかるけれど、お千瀬は何も訊《たず》ねなかった。

お千瀬はお志奈の神田で暮らしていたころの幼馴染《おさななじみ》だった。

わけあってある人たちから逃げているの、とお志奈が頼むのを、あぶなそうな

「だってえ……」

仕方なくお志奈は瑞江について用心しいしい雪隠へいき、どうにか見咎《みとが》められ

事情を承知して、ひと晩、匿《かくま》ってくれたのだ。

正しい行ないか正しくないかではなく、幼馴染とはそういうものなのだと共感できているらしい人の情けを、瑞江はかどわかされた身でありながら不思議に思った。

空腹を我慢していたため、薄く塩をまぶしただけの握り飯はとても美味《おい》しかった。

あまりの美味しさにお志奈が目を潤ませているので、瑞江も涙が出た。

と、布団部屋の外より田島屋の主人と請け人の声が聞こえてきた。

「どうも色黒で、可愛《かわい》くないな」

「何を仰《おっしゃ》います、ご主人。この子は娘になれば器量のいい女郎になりますよ。間違いなく売れっ妓《こ》になりますって」

「そうかい。そうでないと困るがね」

「おまえもご主人の言いつけを守って、一所懸命修業をつんで、ご主人に恩返しするんだよ」

「うん」

「うんじゃない。はいだ」

瑞江はまた布団部屋の襖を二寸ほど開け、廊下を隔てた台所の方をのぞいた。

「ああ、それじゃあ……」

「そうだ。ではご主人、わたしはこれで」

「はい」

「およしったら」
お志奈に止められたが、どうしても気になった。
先ほどの童女をつれて台所の方へ折れた年配の男の後ろ姿が、廊下を戻ってい
くのが見えた。台所の板敷にあの十歳くらいの童女と主人らしき男がいて、主人
が土間の端女に言った。
「この子にご飯を食べさせておやり。ご飯を食べたら風呂に入れてもう少し身綺《みぎ》
麗《れい》にして、それから部屋へつれていっておやり。おまえは今日からはもう子供じ
ゃないのだ。いいね。しっかりはげむんだぞ」
童女が細い首を頷かせた。
やがて、太った端女の用意した膳についた童女の痩せた背中が、台所の板敷の
端の方に見えた。
童女が一所懸命箸《はし》を動かし、ご飯を食べている様子がわかった。

瑞江はお志奈の前へ戻り、握り飯の続きにかかった。

「あんな女の子が、可哀想《かわいそう》に」

「あの子のせいじゃないよ。仕方がないのさ」

お志奈がそっけなく言った。

瑞江は言いかえせず、ただ肩をすぼめた。

「おめえ、国はどこだ」

端女が童女に言うのが聞こえた。

「……こしがや」

童女の声が応えた。

「越谷なら近えな。おとんとおかんはいるのか」

「うん。弟と妹もいる」

「ちっちゃい弟と妹を食わすために、売られてきたのか」

「うん」

「親や弟妹と離れて、寂しかろうな」

「我慢できるよ。去年、稲が虫にやられて今年も不作でどうしようもなかったんだ。食べるものがなくなって、弟や妹がひもじい思いをしてるから、おとんもおかんも困って、おとんは田圃《たんぼ》を酒屋の庄助《しょうすけ》さんへ譲らねばならなくなった」

「百姓が田圃をとられたら苦しいべな」

「仕方ないのさ。おとんがおらにいってくれるかって言うから、おら、いいよ、いくよ、って言ったんだ。だって、おらは我慢できるけど、弟や妹がひもじがってるのは見ていられねえから」

「そうか。子供なのにえれえな。なら腹いっぱい食え。腹いっぱい食って、綺麗な女郎衆にならねばな」

「うん。けど、弟や妹はこんなに腹いっぱい飯は食えねえ。おとんもおかんもいつも我慢してる。おらだけ腹いっぱい飯を食って、なんだか申しわけねえ」

「おめえがそれを気に病むことはねえのさ。おめえのお陰で弟や妹は、たらふく飯が食えてるよ。心配いらねえ」

「そうか。じゃあ、お替わり」

童女と端女の笑い声が聞こえて、瑞江はほっと溜息をついた。握り飯をかじり、

「美味しい」

と、呟《つぶや》いてお志奈に微笑《ほほえ》みかけた。

「食べ終わったらいくよ。ときが惜しいんだ。急ぐからね」

「次はどこへいくの」

「浅草の坂本町《さかもとちょう》。でもその前に蔵前《くらまえ》に寄るところがある」

　お志奈が薄暗い布団部屋の一方へ、考え事をするみたいに顔を傾《かし》げた。

「浅草？　遠そうね。また歩くの」

二

　浜十三町《はまじゅうさんちょう》の河岸場で船に乗った。

　お志奈が用意した菅笠《すげがさ》が日差しのまぶしさを防いで、ただ冷たい川風が瑞江の頬を優しく撫《な》でた。朝日を浴びた大川両岸の風景は、鴫《しぎ》が飛び交い、息を飲むような美しさだった。

　瑞江の化粧箱を肩に担いで菅笠をかぶったお志奈のつましい拵えは、お得意さまへ出かける行商の女のように、働き者でけな気《げ》に見えた。

　両国から神田川へ入り、柳橋《やなぎばし》をくぐって浅草御門橋の石切《いしきり》河岸で船を下りた。柳橋から浅草橋にかけて、神田川の川端には船宿が多い。

浅草御門より蔵前をすぎて浅草寺へいく表通りは、奥州街道である。茅《かや》町一丁目二丁目をすぎ、天王町代地《てんのうちようだいち》、瓦《かわら》町、それから御蔵《おくら》役人屋敷前の天王町である。

三味線堀と大川を結ぶ掘割《ほりわり》を鳥越川《とりごえがわ》とも呼び、天王町から蔵前へ五間（約九メートル）の長さに幅三間（約五・四メートル）ほどの鳥越橋が二本、架かっている。

鳥越橋の手前、天王町の街道沿いのお休み処の掛茶屋へ入った。たてかけた葭簀《よしず》の陰の長腰かけに坐り、お茶に茶巾《ちやきん》饅頭と羽二重《はぶたえ》饅頭を頼んだ。

「大坂屋のしぐれ饅頭じゃないけど、ここの茶巾饅頭と羽二重饅頭も美味しいよ。両方とも食べていいからね」

と、お志奈はむつかしい顔をして言った。

お志奈は、昨夜、瑞江がしぐれ饅頭の話をしたのを気にかけていたらしい。

今朝はもう、昨夜ほどしぐれ饅頭が食べたいわけではなかった。けれどもお志奈が気にかけていると思うと、ちょっと気の毒になって言えなかった。

「半分ずつにして、一緒にいただきましょう」

瑞江は葭簀ごしに通りの人通りを眺めつつ言った。

天王町から御蔵前片《かた》町、森田《もりた》町あたりは御蔵前の札差《ふださし》の町でもある。

札差とは旗本・御家人の切米《きりまい》、扶持米《ふちまい》を、旗本・御家人の代わりに金に替える一種の代弁業者である。むろん、手数料をとる。蔵宿《くらやど》とも言い、旗本・御家人を札旦那《ふだだんな》と呼んだ。家禄《かろく》の低い旗本・御家人には高利をとって金融もやった。

掛茶屋には派手な羽織を着た町人風体と、蔵役人と思われる裃《かみしも》姿や地味な羽織姿の侍らが長腰かけを占めていた。中には女もまじっていて、侍らと堂々と談合し渡り合っている様子だった。

よくわからなくとも、米の相場やどこそこの作柄《さくがら》は、などという話が聞こえる。

瑞江とお志奈はまったく目だたなかった。

どこぞの奥方が下女を従え、ちょっとお出かけの二人づれみたいに見えた。

「ねえ、ここで何をするつもりなの」

瑞江が訊いても、お志奈は考え事をしていて応《こた》えなかった。

「わたしをこんな目に遭わせて、奉行所に何をさせたいの」

「しっ。聞こえるじゃないか。今、考えているんだからあんたは黙ってて」

お志奈は懐に手を入れて瑞江を睨んだ。

懐には布で刃をくるんだ出刃包丁を隠している。瑞江に何か命ずるときは、懐に手を入れ、出刃包丁の柄をにぎって言うのだ。

茶屋の小女《こおんな》が茶と饅頭を運んできた。

「ああ、美味しい」

「二皿とも食べなよ」

「あなたは食べないの」

「あたしはいいから。饅頭どころじゃないんだよ」

と言い合っているところへ、色あせてよれよれのきはだ色の羽織を着て顎のとがった痩身《そうしん》の男が、素足に雪駄《せった》を鳴らしつつ二人の方へ近づいてきた。頬がこけて鋭い目付きをぎらつかせた若い男で、怪しげな人相だった。

「よう、お志奈さんだったな」

お志奈は腰を上げて、男に深い礼をした。

「すみません。お忙しいときにわざわざお呼びたてして」

「いや、いいんだ。三太郎は元気かい。ここんところ見ねえが」

「ええ、まあ……」

「ねえさん、こっちに茶をひとつくれ」

男は小女に声をかけ、お志奈と並んで腰かけた。

お志奈の反対側にかける瑞江を無遠慮にねめ廻《まわ》し、薄っすらと笑みを浮かべた。

「誰だい」

と、瑞江から目をそらさず小声で訊いた。

「ちょっとした知り合いです。この人のことは気にかけなくてもいいですから」

ふうん……と、男は訝《いぶか》しげに首を振った。

男は小女が運んできた茶碗《ちゃわん》をとって、ずる、と飲んだ。

その間も瑞江への好奇の目をそらさなかった。

もういやねえ、と瑞江はちょっと不愉快になった。

饅頭を咀嚼《そしゃく》しながら、わざとらしくねっとりとした笑みを投げた。

笑みを投げられ、男はぶるっと震えてやっと目をそらした。

鋭い目つきの割に腰は軽そうだった。鋭そうなのは恰好だけなのだ。

「で、用はなんだい」

「金八《きんぱち》さんに頼みたいことがあって……」

男とお志奈は、殊《こと》さら小声になってぼそぼそと話し始めた。

話の中身は瑞江には聞きとれなかった。

大方、金八と言われた男が聞き役で、にやついた顔つきになり、とがった顎の無精髭《ぶしょうひげ》を撫でていた。

金八は足を組んで爪先に雪駄を引っかけ、ぴんぴんさせた。羽織の下に着流した、前身ごろの割れ目よりすね毛の濃い白っぽい足がのぞいていた。

四半刻（約三〇分）も二人の話はかからなかった。

それでも瑞江は退屈して、あくびを堪《こら》えるのに難儀《なんぎ》した。

「わかった。やってみよう。それが瓦版《かわらばん》のいい種になるかどうかわからねえがな。売りこみにくるのはみんな、こいつあ売れますぜ、って言うんだ」

「絶対後悔はさせません。金八さんも吃驚《びっくり》すると思います」

「ちょいとやばそうだが、少々やばくねえと瓦版は面白くねえしな。次の瓦版は明後日だ。楽しみに待ってな。じゃ、おれはいくぜ。ここの払いは、頼んだ」

金八は腰かけを立ち、軽く手をかざしてお志奈から瑞江へにやにや顔を向けた。

「感じ悪ぃい。あなた、あんな人とお友だちなの」

瑞江は、金八がひょいひょいと去っていく後ろ姿を目で追いつつ言った。

「友だちじゃないよ。だけど仕方がないのさ。あの人に頼むしか……」

「事情は知らないけど、あなた、こんなやり方で勝算はあるの」

「あるからやってんじゃないか」

お志奈が声を荒らげた。

茶屋の客や竈の湯鍋の側の小女が、お志奈の声にこちらを見た。

瑞江は知らぬふりをして化粧直しをした。

「早くおし。もういくんだよ」

お志奈は今朝は少し落ち着いていたのに、金八に会ってまたぷりぷりし始めた。

「わかったから、そんなにせかさないで」

瑞江は丸鏡で顔を映し、「まあいいか」と、化粧道具をしまった。

化粧箱の風呂敷包みを担ぐのはお志奈である。

二人は菅笠をかぶり、瑞江を前にして、お志奈は奥方につき従う下女のような恰好で掛茶屋を出た。

鳥越橋を渡り、片町と森田町の辻を左にとって蔵前通りの喧噪《けんそう》から逃れた。

道順はお志奈が後ろから「次は左」「今度はあっち」と指示した。

道は鳥越川と分かれる新堀川《しんぼりがわ》の新堀端《ばた》になって、幅二間（約三・六メートル）少々の新堀川に沿って北へほぼまっすぐにのびていた。

川の両側の堀端の道はしだれ柳が枝葉をそよがせ、門前町や武家屋敷が川沿いに続いていた。新堀端をいき交う人の姿はまばらで、足どりはのどかに見える。

書替《かきかえ》という橋を渡り、新堀川の西側の堀端をまた北へたどった。

遠い町並の屋根屋根から、火の見の櫓が午前の白く靄《もや》った空へのびていた。

「はさみほうちょぉおかみそりっ、はさみほうちょぉおかみそりっ」

堀端をゆく研《と》ぎ屋の声が、川筋をゆったりと流れていた。

荷物をつんだ川船が、ゆるやかに波をたてて上っていく。

うっとりとするような光景だった。

「これが江戸の町なのね」

瑞江は堀端をゆきながら呟き、溜息をついた。

お志奈は堀端の道がまっすぐなので、それからは固い沈黙を守った。

お志奈自身が自分の沈黙を持て余しているように、瑞江には思えた。

瑞江はお志奈へふり向き、菅笠の縁をわずかに上げて微笑んだ。

「三太郎という人はあなたのご亭主なの」

お志奈は、はっ、と顔を上げ、瑞江を睨んで頷いた。

「そう。ご亭主に何かあったの」

「どうして」

「どうしてって。ただ、そんな気がしただけ」

お志奈は応えなかった。

「ねえ、あなたがどうしてこんなことをしたのか、教えてくれない」

「わけなんか、あんたは知らなくてもいいんだよ」

「あなたのやっていることは間違いだけれど、事情によれば、役にたてるかもしれないわよ。あなたの役にたてば、わたしは自由なんでしょう」

お志奈はちょっと考えた。可愛い顔をしているのに、怒って歯を食い縛った顔が恐くなっている。

「あなた幾つ？」

「幾つだっていいだろう。さっさとお歩き」

瑞江は堀端《かわも》をゆっくり歩いていた。

水鳥が川面に浮いていた。薄日が差して、のどかな昼前だった。

「あたしは二十歳《はたち》で、亭主は十九さ」

お志奈が後ろから、ぽつり、と言った。

まあ、若いのね、と瑞江は思った。

「亭主の三太郎は、根はいい人なんだ。仕事が長続きしなくって、やけになって、ちょっと魔が差しただけなのさ。安佐野さまの寮で開いている賭場のお客さんの懐を狙って、盗みを働いてしまった。それが本庄という安佐野さまのおっかない用人にばれて……おととい の晩、賭場の用心棒の侍が何人もきて向島の安佐野さまの寮へつれていかれたのさ。落とし前をつけさせるって」

瑞江がひと目ふりかえると、お志奈はうな垂れてとぼとぼ歩いていた。

可哀想なくらいにしょ気ていた。

「本庄というお侍は、お侍の恰好をしているけど、元は大店の手代で、頭がいいからお侍にとりたてられて用人勤めをしているやり手なんだって。とっても厳しいご気性《きしょう》で、下の者に粗相《そそう》があったら情け容赦なく重い罰をくだすから、安佐野さまの使用人はみんな恐れているし、ご主人さまも本庄さまには何も言えないくらいなの」

「ふうん。元・手代だから武士の情けを知らないのね」

「そんなおっかない本庄さまにつかまったら、三太郎さんは殺されてしまうよ。本庄さまは三太郎さんをさんざん痛めつけて、挙句の果てに命を奪ってしまうよ。悪いのは三太郎さんだけど、お金はもうかえったんだし、幾らなんでも命までとるのはあんまりだ。でもどんなに謝ったって、本庄さまは許しはしないんだよ」

「賭場って、博奕《ばくち》をやるところでしょう。本庄って人は博奕をやってるお侍なの」

「……向島の隅田《すだ》村の、安佐野さまの寮をあずかっている用人さ。安佐野さまは大身のお旗本さ」

「お旗本の用人がかってに人を捕《つか》まえていいの。盗みを働いたら、捕まえるのは奉行所でしょう。どうして奉行所に訴えなかったの。お旗本の用人に殺されます。どうか助けてくださいって」

「奉行所はそんなところじゃないんだよ。あんたにはわからないのさ。奉行所に捕まったって、死罪にされちゃうかもしれないし。それにあんまり時間もないんだ。ぐずぐずしてたら間に合わなくなっちゃう。あんたに恨みはないし、申しわけないと思ってるけど、あたしにはこうするしか手がなかったんだ」

新堀端の道は、旗本屋敷や組屋敷がつらなる武家地をすぎ、阿部川町《あべかわ》の東端になって人通りが目だってきた。

新堀川の先に次の橋が見えている。

「お金が目当てだったら、わたしにもなんとかなったかもしれないのに……」

瑞江はお志奈へ顔を向けた。盗みを働いてしまったのならむつかしい。でも命まで奪わなくたって、という気持ちはわかる。

橋はこしや橋で、東本願寺《ひがしほんがんじ》のある菊屋橋《きくやばし》までもうすぐである。

「ご亭主と、好きで一緒になったのね」

「うん」

お志奈は、朝の田島屋に売られにきた童女のように応えた。

瑞江は歩みながら、堀端の柳の幹に触れた。

「うちの人はとても優しくて、根は本当に、本当にいい人なの」

お志奈は、誰かに言いたくてならないかのように続けた。

「物心ついたときからおっ母《か》さんの顔は知らず、お父《と》っつあんに育てられたの。お父っつあんは貧乏な軽子で、そのくせお酒呑みの暴れん坊で、家では三太郎さんを打《ぶ》ってばかりいた。幼い三太郎さんがどんなにお腹をすかしても、自分が呑みたいお酒はやめず、そんなにひもじいならどっかでかっぱらってこいって、三太郎さんに言ったの。親にそんなことを言われたら、どんなに小さな子だって心を痛めるわ」

　堀端の道で遊ぶ小さな子供らの傍らを通りすぎた。

　野良犬が道を嗅ぎ廻っていた。

「だから三太郎さんは、小さいときから、盗みやかっぱらいをする町内の悪がきだった。お腹がすいて我慢できなかったから、悪がきになるしかなかったさ。さぞかしつらかっただろうし、寂しかったろうね。世の中のことは何も知らない小さな子供が、町内の大人たちに追い廻され、野良犬みたいに石を投げられて、家では酔っ払いのお父っつあんに打たれてさ……」

　おさえていたお志奈の声が、つい高くなった。

「親がまともじゃないのに、子供がまともに育つはずはないよ。でもそんな親でも子供には親なのさ。子供は親を選べないのさ。そんなの、子供のせいじゃないでしょう」

　堀端の柳の枝が、さらさらとゆれていた。

　瑞江はお志奈へふりかえり、にっこりと微笑んだ。

「あまり大きな声を出すと、他人《ひと》に聞こえるわよ」

お志奈は阿部川町の人通りに気づいて、声をおさえた。

「三太郎さんのことを考え始めたのは、十七ぐらいだった。初めはあたし、三太郎さんが可哀想なだけだった。町内の不良で、みんなに白い目で見られるやっかい者だけど、寂しい目をしていて、悪ぶっていても芯《しん》はとっても気が優しいのがあたしにはわかったの。だんだん気になって、三太郎さんのことが頭から離れなくなって、一緒になってって、あたしの方から言ったの」

瑞江には、若い女房のやりきれない怒りが伝わってきた。そして、若い女房が若い夫をとり戻すために犯《おか》した、事の無謀さが哀れだった。

「三太郎さんは、おれなんかと一緒になったら苦労するぜ、ってうそぶいてた。そんなことを言っても、あたしたちが一緒になれば、きっと改心して、まじめに働いて、あたり前の亭主になってくれるって、あたし思ってたの。あたしがつくせば、わかってくれるって。一緒に助け合って、あたしたちの所帯を守っていってくれるって」

「思うように、ならなかったのね」

お志奈の返事がなかった。

ちら、とふりかえると、お志奈は新堀川へ物悲しげな眼差《まなざ》しを流していた。

「三太郎なんてどうせだめだろうって、周りは思っているし、そう思われたら三太郎さんも、おれなんかどうせだめなんだってやけになって、我慢できなくて、自分を甘やかして……」

瑞江は歩きながら、そんな男をばかね……と、思った。きっとあなたも寂しく育ったのね、と思った。

「あなたが自分で選んだ夫なら、仕方ないわね」

瑞江は、白っぽくかすんだ昼近い空の下に流れる新堀川を見つめた。

三

天王町の地本問屋《栗田屋《くりたや》》の金八が、数寄屋橋御門内に構えた南町奉行所の表門前に立ったのは、蔵前の掛茶屋でお志奈ともうひとりの、えらい別嬪《べっぴん》の年増《としま》と会ってから一刻（約二時間）後だった。

ありゃあ、そこらへんの女房やおかみさんじゃねえぞ。

どこぞの身分ある家のお内儀《ないぎ》、奥方じゃねえのか。ということは、あの別嬪の年増に何ぞあるんだ、と見えた。

相当なわけありに違いねえぜ、と読売屋・金八の血が騒いだ。

栗田屋は地本問屋を営む傍ら、読売を売り出していた。

もしかしたら褒賞《ほうしょう》物の種をつかんだんじゃねえか、と背中がぞくぞくした。

表門をくぐってすぐ右脇の番所に、同心がつめていた。

「畏れ入りやす。あっしは蔵前は天王町の栗田屋の金八と申しやす」

と、番所の前で深々と腰を折った。

「天王町の栗田屋？　栗田屋とは何屋だ」

「栗田屋は地本問屋でございます」

「うむ、その地本問屋の栗田屋が、本日はいかなる訴えか」

「本日、まいりやしたのは、昨日、お奉行さまにお願いいたしやした一件につき、ご返事をおうかがいいたすためでございやす。何とぞ、掛《かかり》のお役人さまにおとりつぎをお願いいたしやす」

「はあ？　お奉行さまに誰が何をお願いしただと。金八とやら、おまえ、何を言っておる。お奉行さまにお願いしたのだ」

表門番所の同心が、恐い顔で金八を見すえた。

「いえ、じつはあっしは、お願いいたしやした者の代人《だいにん》でございやす。本人は本日、障《さわ》りがございやしてこられやせん。本人が申しやすには、お奉行さまにお願いの一件と申せば、すぐさまおとりつぎいただけるということでございやしたもので」

「そんなわけのわからぬことをとりつぐわけにはいかん。訴えであればそのような手続きはとるが、ご返事とはなんだ。わけがわからんではないか」

同心が厳しい口調で金八を叱りつけた。

おや？　もしかしたらこいつは奉行所内で隠密裡《おんみつり》に扱われていることなのか、と金八は読売屋の勘を働かせた。

金八は勢いづいた。

「おとりつぎいただけませんので。なるほど。なら結構でございやす。本人が申しやすのは、これはお奉行さまにとって極めて重大なことであり、必ずご返事がいただけるということでございやしたが、本人の勘違いでございやしょう。御番所のお役人さまにとりついでいただけなかった、と本人には申し伝えやす。御番所は、そのようなこと、あずかり知らぬ、ということでよろしゅうございやすね」

金八は同心へ小腰をかがめ、上目使いに言った。

「ま、待て」

と、番所の同心は戸惑った。

「上の者に、き、聞いてみるゆえ」

と、番所奥に杉戸で閉じた同心詰所《つめしょ》へ入った。

少々待ったが、番所や詰所ではなく、破風《はふ》造りの玄関の敷石を急ぎ足に雪駄を鳴らしてやってきた黒羽織の同心は、話のわかる男だった。

一重《ひとえ》まぶたに垂れ目が、ひと筋縄にはいかなそうな面構えに見えた。

番所の傍らに佇《たたず》んでいた金八は、同心へ腰を折った。

「読売屋の金八か。お志奈に会ったんだな。話がある。ちょいときてくれ」

「お奉行さまでなくて、よろしいんで」

「読売屋がお奉行さまに会えるわけがねえだろう。だからおれが掛なんだよ。おれは南町の定町廻り方の羽曳甚九郎だ。覚えとけよ」

「へえ、羽曳さま、今後ともよろしくお見知りおきを。ところで、お志奈へのご返事というのは、何やら隠密裡の扱いのようで」

「そう見えるかい。ならおめえも協力してくれよ」

「そりゃあ、もちろんで」

羽曳は表門を出て、左手の松平家の土塀際の掛茶屋の軒をくぐった。

奉行所門前の掛茶屋は、公事人溜《くじにんだま》りに公事を待つ公事人が多くなったとき、表門外のその掛茶屋で待つのである。衝立《ついたて》で隔ててあり、隣の公事人と顔を合わせないようにしてある。

奉行所の下番《したばん》が、公事の順番がくれば、何々の一件の者……と、呼びにくる。

その日、茶屋には公事の順番を待つ公事人はいなかった。

羽曳は茶屋の隅の毛氈《もうせん》を敷いた長腰かけに坐り、金八へ隣に坐れと指した。

土塀脇の松が、茶屋の前の道に午後の薄日の枝ぶりの影を淡く落としていた。

「お志奈とはどこで会った。誰かと一緒だったか」

羽曳が、いきなりやや厳しい口調で訊いた。

腰からはずした刀の鐺《こじり》を土間につき、柄頭《つかがしら》に手を乗せた。

金八は無理やり間《ま》を作り、考えるふりをした。

「天王町のうちの近所の掛茶屋で、目の覚めるような別嬪で、品のいいお方さまふうのお女中と一緒でやした。相当ご身分の高そうなお方さまに見えやした」

「そのお方さまの様子はどうだった。元気そうに見えたかい。それとも……」

「饅頭を美味《うま》そうに食っておられやした」

「饅頭を？」

「へえ。美味そうに頬をふくらませて二個。茶屋の茶碗を上品に、こう両手で添えて持ち上げ、音をたてず、ゆっくりと飲んでおられやした。で、あっしの方をご覧になって、無邪気に笑っておられやした」

「金八、おめえ、適当に言ってんじゃねえだろうな」

「と、とんでもございやせん。本当ですぜ。薄化粧が透き通る肌をいっそう引きたてやしてね。それがにんまりなさって、ちょいとぞくっとしやした」

羽曳は厳しい顔つきを「ううん」とうなり声をあげて歪《ゆが》ませた。

「あっしは変なことを言ってやすか」

「いや、そうじゃねえ。そうじゃねえが、饅頭を食ってにんまりとか……」

羽曳は考えこんだ。

「おめえとお志奈とは、どういうかかわりだ」

金八は、お志奈の亭主の三太郎が聖天町の地廻りの使い走りみたいなことをやっていたことがあり、お志奈と三太郎が夫婦になる前、口を利いたことはないが、二度ほど顔を合わせたことがあると言った。

女の人に頼まれたという子供が、読売になるいい種があるので会いたい、というお志奈の文《ふみ》を栗田屋へ寄こした。

「お志奈と会って、いい種と交換で奉行所の返事を聞きにきたってえのか」

「さようで。ただしお志奈は、南御番所で、承知不承知の返事をうかがいたいと言えばわかるというばかりで、どういう事情なのかは明かしやせんでした。それは話せねえと、頑《がん》として」

「代わりの、読売のいい種とはなんだ」

「返事が承知なら、十月三日昼九ツ（正午頃）、花川戸の西河岸場。不承知なら、同じ日の同じ刻限、数寄屋橋御門の河岸場、とそれだけで」

「不承知なら、同じ日の同じ刻限、数寄屋橋御門の河岸場？　南御番所の真ん前って言う意味か」

「おそらく、そうでしょうねえ」

「じゃあ、おめえ、お志奈とは次にいつ会うんだ。居場所を知っているのか。それとも向こうが栗田屋かおめえの裏店へ訪ねてくるのか」

「いいえ。お志奈とは会いやせん。居どころを知りやせんし、訪ねてもきやせん」

「なら承知不承知は、どうやってお志奈に知らせる」

「それがね、栗田屋から売り出す次の読売に、承知不承知をわかるように載せろ、と。栗田屋の読売は、お志奈の方が市中のどっかで買い求めると」

羽曳は「はあ？」と、声をもらした。それから、

「くそ、読売にか……」

と、うめき声になった。

金八は羽曳の様子をじっとうかがった。

「旦那、うちの読売はあさって売り出しやす。今、支度にかかっている真っ最中でやす。お奉行さまのご返事はいかがなもので。急がねえと間に合わなくなりやすぜ」

羽曳は含みのありそうな垂れ目で、金八を横睨みにした。

「返事は、承知した、だ。だが金八、下手《へた》な推量を働かせて、この一件をまぜっかえすんじゃねえぞ。読売がかってな波風をたてた結果次第では、栗田屋なんぞ、影も形もなくなっちまうし、おめえだって無事じゃすまねえかもな。知ってか知らずか、この一件に首を突っこんだんなら、その覚悟で臨みな」

「脅しはよしてくだせえよ、旦那。あっしはただ、事情はいっさい知らされず、

お志奈の頼みを聞いただけなんでやすから。いい種があると言われりゃあ、火の中水の中だって飛びこむのが、読売屋の性《さが》なんでやす」

「嘘《うそ》つけ。おめえら、火の中にも水の中にも飛びこみゃあしねえよ。まあいい。とにかく、知らねえことは知らねえままでいた方が、おめえの身のためだ。読売はあさってだな。できたら奉行所にも届けろ」

「わかりやした。ですが旦那、読売に載せる返事は、承知した、でやすから、十月三日の昼九ツ、花川戸西河岸場でやすね。あっしらも当日、そこで何が起こるのか見物させていただきやすぜ。いいですね。それも駄目だっつうんなら、うちの読売には承知も不承知も載《の》せやせん。この一件から手を引きやすからね」

「かまわねえ。好きにしな。この一件で奉行所に手え貸してくれたら、今後、栗田屋に損はさせねえ。お互い、持ちつ持たれつでいこうじゃねえか」

こいつあますます面白くなってきた――金八は背中が粟《あわ》だつのを覚えた。

奉行所は何を隠して、一件を隠密裡に始末をつけようとしているんだ。

隠れた事情はわからなくとも、相当やばそうな一件であることは察せられた。

あの別嬪のお方さまは、ありゃあ一体誰なんだ。どういう事情でお志奈と一緒にいた。どう見たって、端女のお志奈とお方さまとじゃあ身分違いもいいとこだ。

　誰なんだ……

　金八は数寄屋橋の河岸場から船を頼んだ。

　栗田屋に急ぐため浅草橋まで言いつけたが、船が大川へ出たころ、金八は気が変わった。

「船頭さん。ちょいと寄りたいとこがある。両国で下ろしてくれるかい」

　両国の河岸場で船を下りた金八は、広小路の賑《にぎ》わいを抜け馬喰町の通りへとった。

　馬喰町三丁目の裏通りにある地本問屋《吉田屋《よしだや》》の店前《たなさき》で、同じ読売稼業の伊《い》吉《きち》を呼び出した。

　吉田屋も栗田屋と同じ、地本問屋を営む傍ら読売を売り出している。

　吉田屋の主人は隅田村の安佐野家の寮で夜ごと開帳する賭場の定客で、三日前の夜更け、言問いの渡しから橋場町への渡しの途中、追剝ぎに遭い金を奪われた。

　追剝ぎは三太郎という浅草の破落戸《ごろつき》らしい、というのがすぐに発覚し、三太郎は賽の用心棒に捕まり金は戻った。三太郎は賭場を仕きる本庄という安佐野家の用人が始末するだろう。

だが吉田屋は、それを読売の種にしなかった。

主人の名が出るのをはばかったし、それを種にして安佐野家の賽で夜な夜な開帳されている一流の旦那衆の賭場が明るみになるのは、何かと障りがあるからだった。

触らぬ神に祟《たた》りなし、仕事の賃さえもろうたら、いんで早《は》う年《よ》とろう。である。

むろん、お志奈の因果が廻《めぐ》る謀《はかりごと》を、金八と伊吉は知る由《よし》もない。

「金八、珍しいな。なんぞ、用かい」

伊吉は吉田屋の店表の脇で、算段を廻らしている金八に癖のある笑みを投げた。

「おお。ちょいと顔貸せよ。面白いことになりそうな種があってな。おめえの力を借りてえのさ。話を聞けば、おめえもきっと乗り気になるぜ」

# 四

菊屋橋を北へすぎた新堀端の浅留町《あさとめ》から坂本町あたりは、昔、三十三間堂《さんじゆうさんげんどう》があったころの名残りで《堂前》《どうまえ》と呼ばれている。

坂本町から新堀川東へは、東本願寺裏手へ渡る長さ二間（約三・六メートル）幅八尺余（約二・四メートル）、名もなく欄干《らんかん》もない粗末な板橋が架かっている。

坂本町より西に狭い通りを隔てて龍光寺《りゆうこうじ》門前町があり、ここは《堂前》の名で知られる岡場所だった。

殆《ほとん》どが局見世《つぼね》だが、瀟洒《しようしや》な二階家や長屋に女の風俗、容姿は美しく、客引きや呼びこみをせずとも客が集まって、局見世にはすぎた色里《いろさと》、と評判だった。

坂本町の銀三郎《ぎんざぶろう》店のお浜《はま》は、その堂前の女郎屋《酒田》《さかた》で働く遣《や》り手だった。

お浜は若いころ、薬研堀《やげんぼり》不動前の薬研堀埋めたて地の花町の女だった。生まれは神田橋本町。お志奈の母親と幼馴染《おさななじみ》で、お志奈を幼い童女のころから可愛がってくれた薬研堀のおばさんだった。

お志奈が文化三年の丙寅火事によって指物師だった父親を亡くし、母親とともにに花川戸へ越した同じ時期、お浜も埋めたて地に開いていた小料理屋を焼失して新堀川の阿部川町へ移り、界隈のお屋敷や寄合茶屋などの下女働きをして暮らす身になった。

互いにそうなってからも、お志奈と母親とはお浜といき来があって、三年前、お志奈の母親が風邪をこじらせて亡くなったとき、お浜にはずいぶん世話になった。

一年半前、三太郎と夫婦になる前、お浜にだけは三太郎を引き合わせた。

「お志奈、あの亭主じゃあ苦労するよ」

お浜は、お志奈が三太郎と夫婦になるのを反対した。

止められたが、一見、大人しそうに見えてお志奈は頑固な娘だった。

「顔はおっ母さん似なのに、気だてはお父っつあんに似たんだね」

お浜は頑固なお志奈に呆《あき》れて言った。しかし結局は、

「もし、困ったことがあったらいつでもおいで。なんの力もないけれど、おばさんの身ひとつはおばさんのものだから、これさえあれば少しは役にたつよ」

と、力づけてくれた。

数年前から、お浜は坂本町に住み、堂前の酒田という局見世で遣り手と下女を

かねた仕事に雇われていた。

お浜はお志奈がただひとり頼りにし、おっ母さんのように甘えられるおばさんだった。お志奈のもうひとりの母親同然だった。

お志奈はお浜を頼った。

その日の昼、小柄なお志奈より二寸ほども背の高い、大家《たいか》のお女中かお方さまを思わせるたおやかな風情の年増と二人して現れたとき、お浜はただもう驚き呆れ、言葉を失った。気をとり直してようやく、

「お志奈、あんた何したの」

と問い質《ただ》すと、

「おばさん、何も訊かないで、三日だけおいてほしいの。三日たったら、あたしたち出ていって、もう二度と戻ってこないから。それまではあたしたちがここにいることは、誰にも知られたくないの」

と応えたお志奈の思いつめた様子に、お浜は胸の動悸《どうき》が収まらなかった。

「三太郎さんはどうしているの。三太郎さんと喧嘩《けんか》したのかい」

「だからおばさん、訊かないで」

「お志奈、あんた、亡くなったおっ母さんやお父っつあんが悲しむようなことは

しちゃいないよね。大丈夫だよね」

「大丈夫。ちゃんとやっているから」

なんてことなの、何がこの子にあったの、とお浜は不安にかられ、自分の娘も同然のお志奈がなぜか可哀想で涙が出た。

お志奈と一緒にきた年増は、四畳半一間の部屋のお志奈の後ろに坐って、お浜とお志奈のやりとりをのどかに眺めていた。

薄桃色に火照《ほて》らせた頰を、とき折り、掌で扇子か団扇《うちわ》のようにあおぐ仕種《しぐさ》は、女のお浜が見てもぞくりとするほど艶めいて風情があった。

「ずいぶん歩かされちゃったから、暑くて。ああ、疲れたわ」

年増はお浜に、屈託《くったく》も見せず微笑んだ。

「さ、さようでございますか。むさ苦しいところではございますが、どうぞ、ご、ごゆっくりお休みくださいませ。あっしはお志奈の子供のころからの所縁《ゆかり》の者で、浜と申します。お見知りおきを」

「お世話になります。わたしの名は、ふふ、お志奈に訊いてください」

「へへえ……」

お浜は畳に手をつき、どこのお方さまかと、畏れ入るばかりだった。

「おばさん、あとはあたしがやるから、もう仕事にいっていいよ。あ、そうだ、このお人の恰好はここらへんじゃあ目だつので、おばさんの着物を借りるわ」

「ああ、いいよ。好きにお使い。古い安物の着物ではございますが、汚くはございませんので、どうぞ……」

と、お浜はお志奈とお方さまに言いながら、お方さまへはまともに顔をあげられなかった。

それでも、あれはここ、これはあっち、晩ご飯は残り物が……などとお志奈に気をつけるわずかな注意事を与えて仕事に出かけていった。堂前の仕事を終えて戻ってくるのは、真夜中の九ツ（深夜零時頃）すぎになる。

お浜が出かけると、お志奈が手伝って瑞江は着替えた。

お浜が小料理屋の女将《おかみ》をしていたころの安物の小紋の留袖《とめそで》だったが、昨日から寝るのも起きるのも同じひとつの着物だったので、さらさらと乾いた肌着の肌触りや町家ふうの着物の着心地はよかった。

町家ふうに着替えても、瑞江の周りにはそこだけが光を差したようだった。

粗末な裏店に華麗な花が咲いて、うっとりさせられる色香につつんだ。

「案外いいのね」

お浜の組立鏡台に姿を前から後ろからと映し、瑞江は無邪気に喜んだ。

「あんた、綺麗だよ」

ついついお志奈も見とれて、言ってしまった。

二人がそんなことを言い合って笑ったとき、裏店の隣の住まいから男の咳《せき》が繰りかえし聞こえてきた。

病に伏せっているのか、布団にくるまったか細い咳だった。

「あんまり大きな声を出すんじゃないよ。聞こえちゃうじゃないか」

お志奈はやってしまったのっぴきならぬ境遇を思い出し、恐い顔に戻った。

五

須磨《すま》はそむけた顔の耳元で、客の荒々しく繰りかえす息遣いを聞いていた。

客の息は昼間から生臭い酒の臭いがした。

若い大工だった。

「久しぶりの休みでよ。あんた、お侍の女房なんだってな。評判を聞いてよ」

《お侍の女房》が、三十四歳の年増女郎の酒田での触れこみだった。

酒田の二階の三畳間だった。

障子の隙間の連子窓《れんじまど》の向こう、龍光寺の甍《いらか》の上に江戸のかすんだ空が見える。故郷の北国の抜けるような青空と違って、江戸の空はいつも白くかすみがかかったみたいで、須磨は物足りなく思った。

朝、起きて井戸へ水汲《く》みにいくとき、日差しは狭い路地にも落ちているのに、空がすっきりとした青色でないのが残念だった。

青空の下の雪をかぶった北国の連山《れんざん》が、目に浮かんだ。故郷の青空を、白くぽっかりと浮かんだ雲が流れていく。

許して……

国を思い出すたびに、誰かに謝りたくなる。どれだけ謝っても、誰にも許されないけれど。

連子窓の空から犬の鳴き声が聞こえてきた。

近所のどこかの家で飼われていて、よく鳴く犬だった。

銀三郎店から堂前の酒田へ通うとき、またあの犬が鳴いている、と須磨は下駄《げた》を鳴らしながら見廻すけれど、どこで鳴いているのか知らなかった。

「はい、お佐井《さい》さん、お客さんだよ」

遣り手のお浜に呼ばれ、須磨は路地に向いた格子戸の張見世《はりみせ》を出て、軋《きし》む階段をゆっくり二階へのぼった。

その日最初の若い大工の客は、須磨の身体にむしゃぶりつくように挑んできた。

犬の鳴き声はそのときも聞こえていた。

須磨は酒田では、お佐井の名で客をとっていた。

酒田は須磨を入れて七人の売女《ばいじょ》を抱え、堂前では大きい方の女郎屋だった。

須磨を入れた五人の女郎は部屋持ちではなく、路地に面した張見世で客の声がかかるのを待っていなければならない。

局見世ではあっても、酒田にも二人、二階奥の四畳半に部屋持ちの女郎をかかえていて、その女郎は酒田で一番二番の稼ぎ手だった。

堂前は泊まり二朱《にしゅ》から、切りは二百文からと、値段が安いのも評判だった。

部屋は二階に三畳が三つ、部屋持ちの四畳半の二つしかなく、客がたてこめば一階の待合いの部屋で順番がくるのを待つことになる。

酒田に雇われた遣り手のお浜が、それをひとりで仕きっていた。

龍光寺門前町の堂前には、門前通りの東側と南側に木戸番の若い衆がいる木戸があって、木戸は夜の四ツ（午後十時頃）に閉じる。

けれども須磨は坂本町から堂前へ通いで、泊まりはなく、午後の昼見世から木戸を閉める夜四ツを限りに酒田で客をとった。

銀三郎店で偶然となり合わせ何くれとなく世話になっているお浜に、須磨は堂前で働けるように「口を利いてもらえませんか」と、常敏《つねとし》には内緒にして持ちかけた。

小田切《おだぎり》常敏と国を捨て、諸国を流浪《るろう》し、江戸に流れて早や五年。須磨は三十四歳、常敏は二十七歳になっていた。

五年の日々は、あてどなく逃れ流浪する頼りなさと、その日を生きる糧《かて》にさえ事欠く暮らしの連続だった。せめて食べることぐらいならなんとかなるのではと、流れついて始めた江戸の暮らしだった。

裏店を転々とし、常敏は鳥籠《とりかご》作りや提灯《ちょうちん》張りの内職、須磨は端女仕事で日々をしのいでいた一年前、常敏が心労ゆえにか病に倒れた。

せめて身が健《すこ》やかならば、埴生《はにゅう》の宿も、道ならぬ不義の道をゆく二人が手に手をとってささえ合い堪えもするだろう。

だが、ただでも貧しい暮らしがたちまち切羽《せっぱ》つまり、何も食べる物のない空腹や常敏のままならない薬代やらと、暮らしは地獄の責め苦となって須磨を襲った。

　須磨は自分は飢えて死んでも、常敏の薬代を稼がなければ、と思っていた。堂前が岡場所であることや、隣のお浜がそこの酒田という女郎屋で働いていることは知っていた。須磨は常敏には知られぬように、そうするしかなかった。

「お須磨さんほど綺麗なおかみさんならできるとは思いますけれど、本当によろしいんですか」

　お浜は気遣って言った。

「いいのです」

　なんで今さら落ちてゆく身を恥じましょう、と須磨は思った。

「ただ、夫の介抱をしなければならず、身勝手を申しますけれど、泊りはなしというわけには……」

「身を売ったって、それじゃあ幾らも稼げませんよ」

　それでもお浜は須磨の事情を見かねて、酒田の主人にかけ合ってくれた。

「浪々の身になられた事情は訊ねやせんが、お武家はお武家。お武家のお内儀が本当にできるんでやすか。第一、通いの女郎なんて、聞いたことがありやせん」

酒田の亭主は頰骨の高い、色の浅黒く恰幅《かっぷく》のいい男だった。須磨は、

「夫が病に伏せっております。このままでは夫婦ともども朽ち果てるのみ。お金がいるのです。何とぞ」

と、応えた。

通いの勤めで主人が須磨に示した年給は、端女勤めよりだいぶましな額だった。

「客の心づけはあんたの稼ぎだし、昼と晩の飯はうちが用意しやす」

お浜は、酒田はそれでも待遇がいい方ですよ、と言っていた。

「お願いいたします」

須磨は頭《こうべ》を垂れた。

「では、給金を先払いする前に、お内儀の覚悟を念のために確かめておきたい。わたしを客と思って、遊ばせてくれやすか」

それが堂前での、最初の勤めだった。

須磨は二階の三畳間で、主人の言うがままに横たわった。

身体を開かれたとき、主人を遊ばせなければと懸命にふる舞った。

すると、須磨を組み敷いた主人が苦笑を浮かべて言った。

「そんなに気を入れなくていい。気を入れすぎると女郎勤めは身が保《も》たねえ。客に任せて、好きに遊ばせてやればいいんだ」

須磨は恥ずかしさに顔が赤くなった。

けれどもそう言われてからは目を閉じ、ゆったりと身を任せて男の悦《よろこ》びを受け入れることができた。

須磨は目を開け、部屋を見廻した。

天井が見え、連子窓の外に江戸の空が見えた。常敏とはるばると流浪の旅を続けてきた空を思った。

やがて須磨は、上になった主人の裸の背中に手を廻した。

主人の背中はほんのりと汗ばんでいた。

それから心ならずも、身底より激しい潮《うしお》のせり上がってくる覚えに夢中になった。

あるときから、常敏を忘れ自分を見失った。

終わったあと、須磨はあるときから見失った自分を思い出そうとした。

ずっと、すすり泣きのような声は聞こえていた。

ああ、あれは……

あとで須磨が思い出したのは、自分のもらした嬌声に気づいたことだけだった。主人が身づくろいをして部屋を出るとき、

「いいでしょう。お内儀のお志《こころざし》はわかりやした。内証で給金の先払いをしやす。しっかり、稼ぎなさい」

と言った。

お佐井という名は、給金の先払いの折り、主人が深くも考えずにつけた。

春三月のことで、あれからもう夏と秋がすぎ、冬がこようとしていた。

「とんだ拾い物をした。あの女の身体には、男を誑《たら》しこまずにはおかない魔性が潜《ひそ》んでいやがる。亭主は二十七の若い侍で、病に伏せっているそうだが、あの女とじゃあ無理もねえ……」

主人が後に堂前の店頭《たながしら》とわけ知りに噂話《うわさ》をしたそうだ。

《堂前のお佐井》の名は、侍の女房という触れこみ以上に、「男の生き血を貪《むさぼ》り吸いつくす魔性の女なんだってよ」とか「倅《せがれ》みたいな若え侍と不義密通《ふぎみっつう》を犯し江戸へ駆け落ち、なんだってよ」という猥《みだ》りがましい評判となって嫖客を堂前に呼んだ。

ただ、そんな噂や評判が須磨に届くことはなかった。須磨は女郎に身を落とし

た自分の評判など知らなかったし、どうでもよかった。

若い大工の身体が須磨の中で震えた。

酒臭い息遣いがせわしくなった。

だが須磨自身も、そのとき自分の中にせり上がってくる潮に堪えられなくなる。

許して、くだされ……

誰かに謝りながら、須磨は潮に翻弄されていく。

夜、五ツ（午後八時頃）すぎに上がった切りの客を帰して、その日の勤めを終えた。

いつものように提灯を提げ、銀三郎店への夜道に気《け》だるい足どりを運んだ。

常敏は病の床の中で、起きて自分の戻りを待っているだろう。

須磨にとって、常敏が自分の戻りを待ちわびていることは、苦悩に彩《いろど》られた歓《よろこ》びと言ってよかった。

常敏は須磨の勤めをとっくに気づいているが、気づかないふりをしていた。

だから須磨も、そのまま隠し通すふりを装った。

銀三郎店のどぶ板を鳴らさぬよう、路地を戻った。

「常敏どの」

腰高障子を引き、暗い部屋へ声をかけた。狭い土間から六畳間が続いている。

「うん」

常敏の声と一緒に、横たわっている布団の影が動いた。

六畳へ上がって提灯の灯を消し、角行灯の明かりを灯《とも》した。

侘《わ》びしい薄明かりが、部屋に敷きつめた粗末な布団と、病に倒れた常敏の乱れた総髪や頰がこけ髭がのびたやつれた寝顔、枕元に並べたとっくに竹光《たけみつ》になった黒塗りの二刀と布巾《ふきん》をかぶせた膳を映した。

それから、赤茶けた畳や土間の竈《かまど》や流し、水瓶《みずがめ》、土火桶《つちひおけ》に籐《とう》の行李《こうり》、色あせた枕屛風《びょうぶ》、米櫃《こめびつ》やおひつなど、常敏と須磨とのうらぶれた今の暮らしを映した。

ただひとつ、六畳から土間へ続く壁際には、長々と渡した黒漆の柄に穂形《ほがた》の鞘《さや》をつけた二間半の晴れがましき槍《やり》が架かっている。すぎし日、お家随一の槍の名手と称《たた》えぬ者のなかった小田切常敏の見事な素槍《すやり》だった。

須磨はたとえ己の身は売っても、武士である常敏のこれだけは売るわけにはいかなかった。

この槍だけが常敏と自分とのうらぶれた今の、残された寄る辺《べ》だった。

「ただ今戻りました」

須磨は常敏の枕元に坐《ざ》した。

常敏は須磨をまぶしそうに見上げ、また「うん」と言った。

枕元の膳にかぶせた布巾を持ち上げた。

常敏は、昼、須磨が堂前へ出かける前に拵えておく晩の膳に殆《ほとん》ど箸をつけていなかった。

「召し上がっていないのですね」

「充分いただきました。今日は身体の具合も少しいい」

常敏の横顔が力なく応えた。

「常敏どのは若く、先はまだまだ長いのです。しっかり食べて、健《すこ》やかな身体をとり戻してもらわねば」

須磨は常敏の額に掌《てのひら》をあてがった。

掌に、ぽっ、と熱が伝わってきた。

「今日は一日、病が癒えたなら、どんな仕事をしようかと、考えておりました」

常敏が、途ぎれ途ぎれに言った。

「あら、どんな仕事をなさるおつもりですか」

須磨は常敏の乱れた総髪を、優しく指先ですいた。

薄く目を見開いた横顔が土間の暗がりへ向けられ、瞼《まぶた》がかすかに震えていた。

常敏の横顔が、笑っているふうに見えた。

「初めは子供らの手習所を考えました。ですが、子供らだけの手習所では須磨どのを楽にして差し上げられない。やはり剣道場を、と思っています。特に、槍と棒術《ぼうじゅつ》を稽古したい人のための道場です。江戸へきてわかったのですが、江戸の辻番は、士ではなく、町家の男らが雇われて番人に就いていました。みな六尺棒を手にして。槍と棒術の道場なら、きっと、そういう町家の男らが稽古にくると思うのです」

「槍と棒術なら、常敏どのにまさる使い手はこの国に二人とおりますまい。沢山、稽古にきて、常敏どのの道場は流行《はや》りましょうな」

「そうなれば、須磨どのにも新しい着物を、拵えてやれる。昼間はそれを考えて、わくわくしていました」

常敏は悲しげな笑みを浮かべ、須磨を再び見上げた。

「まあ嬉しい。新しい着物を拵えていただけるのですか。楽しみだわ」

常敏の髪を指ですきながら、須磨も微笑んだ。

ほそりとした顔だちに、二重《ふたえ》の切れ長な目から鼻筋が通り、やわらかく結んだ朱の唇が凛々《りり》しさと少年のあどけなさをひとつにした、水のしたたるような麗《うるわ》しき若侍だった。城下の年若い女たちの間で、小田切常敏の名は知れ渡っていた。

須磨は常敏の残した膳を台所へ下げた。

薄暗い流し場で洗い物をした。

洗い物をしながら、ふと、部屋へ眼差しを流すと、布団の中からじっと須磨を見つめる常敏の眼差しと合った。

女たちの胸をときめかした麗しき面影は、積み重ねた苦汁《くじゆう》の日々と病に蝕《むしば》まれ、薄い行灯の光の下で灰色の陰影の中に沈んでいた。まだ二十七歳の若さなのに、常敏は老いて退《ひ》いてゆく人のように、虚《むな》しさと衰弱を託《かこ》っていた。

須磨は洗い物を続けた。

表の板戸を閉め、寝間着に着替えた。

行灯を消し、常敏の熱のこもった布団の中に身を横たえた。

また一日がこうして終わり、一日一日がすり減っていく。悔やみはしなかった。ただ、己の罪深さを思った。

眠っているのか起きているのか、常敏の細い息遣いが聞こえた。

「須磨どの、すまない。あなたを抱く力すら、わたしには残されていない」

真っ暗な部屋の中で、常敏の痩せた背中が言った。

「いいのです」

須磨は常敏を後ろから抱き締めた。

「こうしていられれば……」

と、ささやいた。あのどこかの犬が夜の静寂に物悲しげな遠吠えを響かせた。

須磨は、いつか自分と常敏はこのまま目覚めることなく、二人手に手をとって暗い黄泉路《よみじ》を越えていくのだろう……と思った。

六

翌朝、須磨が苦しい夢から目覚めたとき、常敏の身体が布団の中になかった。

上体を起こすと、竈の側の上がり端《はな》に腰かける常敏の背中が見えた。

板戸の隙間から差しこむ白い明るみが、土間へ薄い明りを落とし、常敏の肉のそげた丸い背中を淡く照らしていた。

秋が終わり、暦の上では冬がきた。

まだ霜《しも》が降りるほどではないけれど、朝や夕べの冷えこみは厳しくなった。

「常敏どの、どうなされました。寒さは身体に障《さわ》ります。布団へ戻られませ」

須磨が布団を出て、常敏の背中へにじり寄った。

と、その刹那《せつな》、須磨は常敏の手に台所の出刃包丁が握られていることに気づいて息を呑《の》んだ。

「それは何を、なさるおつもりなのですか」

須磨の胸に動揺が走った。

背中を向けた常敏が、鼻筋の通った横顔を見せた。

包丁の刃がわずかにゆれて、板戸の隙間から差しこむ明かりを、きらきら、とはねかえした。

「常敏どの、そのような物を何に……」

「昨夜は、らちもない戯《ざ》れ言《ごと》を、申してしまいました。馬鹿ばかしいとわかっていながら、須磨どのはわたしを気遣って聞いてくだされた……」

常敏はそう言って咳《せ》きこんだ。

「ほら見なさい、そんなことをしているから。これはしまって布団に戻りなされ」

須磨が常敏の骨張った手首をつかみ、包丁を奪おうとした。

ところが、常敏は須磨の手をふり払い、上がり端をよろけ立って、土間の棚にぶつかった。鉢と皿が土間に落ちてくだけた。常敏は裸足《はだし》である。

「常敏どの、あぶない」

須磨は土間へ走り下りた。

衰弱した常敏の身体をささえ、再び手首をにぎった。

「これを捨てなされ。足元に気をつけて」

「わたしにかまうな。放っておいてくれ」

常敏は喚《わめ》いて包丁をふり廻《まわ》し、その手をとってそうさせまいとする須磨ともみ合いになった。桶が倒れ、棚の笊《ざる》が転がり落ちた。

幸いまだ空《から》の鍋が流しへ落ちて、派手な金物の音をたてた。

「お願いです、常敏どの。気持ちを鎮めて。ご近所に迷惑です」

須磨が声を殺して常敏を抱きすくめるが、常敏はよろめいて、須磨の腕から逃れようともがいた。

「放せ、放してくれ、須磨どの」

病人とは言え常敏は五尺八寸（約一七四センチ）の背丈があり、女にしては大柄な須磨でも思うようにはならなかった。

「わたしの病はもう治らぬ。このままわたしを死なせてくれ」

「武士がそのような弱音を吐いてなんとします。気を強く持ちなされ。わたしがあなたの病を治します」

「わが妻を苦界《くがい》に沈めて、なんの武士の面目。病に打ち負かされ、不甲斐《ふがい》なきこの身の生き恥を、これ以上さらしたくはない。わたしなどが生きていては、須磨どのをただ苦しめるだけです。わたしはもはやこれまで」

妻を苦界に沈めて、という言葉が須磨の胸を刺した。

やはりそうなのだ。

気づかないはずがないのだ。

それでも須磨は常敏を離すまいとすがった。

「何を言うのです。生きるも死ぬも二人ともにと誓った仲。常敏どのひとりを死なせはしません」

「違う。違うぞ、須磨どの。わたしは毎晩、あなたがもう戻ってこぬのではないかと怯《おび》えながらあなたの戻りを待ちわび、あなたが戻ってくるたびに、あなたを苦しめるわが身を恥じて胸が張り裂けそうになるのだ」

「わたしは常敏どのとどこまでも一緒です。そう言い交わしたではありませんか」

「わたしにはわかったのだ。須磨どのは強い。あなたはひとりで生きていける。もう充分だ。わたしは足手まといだ。あなたはひとりで生きてくれ」

常敏が声を絞り出し、咽《むせ》び泣いた。

「いやです。わたしをひとりにしないでくだされ。たとえ生き恥でも、常敏どのと一緒にいられるなら、わたしには本望……」

ああ――と、もつれる二人の身体が土間から部屋の隅へ横転し、米櫃《こめびつ》を倒した。

米櫃の底にわずかに残っていた米が、さあ、と赤茶けた畳と土間へこぼれた。

そのとき、表の板戸を人が激しく叩《たた》いた。

「お須磨さん、どうしたんだい。大丈夫かい。お須磨さん、開けるよ」

隣のお浜の声だった。

板戸をはずす音が、どんどん……と鳴った。

だがその間も常敏は「放せ、死なせてくれ」と、暴れた。二人は包丁を奪い合い、部屋の上がり端を転がった。

「やめて、お願い」

須磨は泣きながら常敏にとりすがった。

と、板戸が急にはずれ、薄暗い土間へ朝の明るみが差しこんだ。

腰高障子が引き開けられ、お浜とお志奈、そして瑞江の三人が走りこんできた。

「何してるの。いい加減におし」

お浜の叱声《しっせい》がもみ合う二人へ飛んだ。

常敏は静かに横たわり、目を閉じていた。

こけた頬とのびた髭《ひげ》が、遠い日々の麗しかった面影を損なっていた。

色あせた唇が力なく開き、綺麗《きれい》な歯並みがわずかに見えていた。

布団の傍らに坐《ざ》した須磨が、ぬぐいきれぬ涙を頬に伝わらせていた。

お浜が布団を挟んで須磨と向き合い、

「病人も寝ているしかないから、あれこれ思い悩んでつらいんだよ。気が鎮まればけろっとしてるから」

と、須磨を慰めた。

お浜の後ろにお志奈と瑞江が坐《すわ》って、涙にくれる須磨を気の毒そうに見ていた。

二人は常敏を鎮めるのを、お浜と一緒に手伝った。

暴れていた常敏が意識を失うように倒れ、ようやく布団に寝かせた。

お浜は騒ぎに驚いて見にきた裏店の住人を、「もうすんだよ」と帰し、そうして常敏の枕元に坐って「大丈夫かい」と須磨を気遣った。

「ここはあたしに任せなさい。人目につくのはよくないからあんたたちはお戻り」

お浜はお志奈と瑞江にも気を配って言った。

「じゃあ、おばさん、朝ご飯の用意をしているね」

お志奈が言って、瑞江を促した。

「そうかい。ぼちぼちでいいよ」

お浜はお志奈に従う瑞江へ、お方さまもどうぞ、というふうに会釈を寄こした。

瑞江は須磨という女が気にかかった。

瑞江とは年も近そうだし、貧しいなりはしているけれど、武士の妻らしきふる舞いがそこはかとなく垣間見《かいまみ》られたからだ。

壁に架けた黒漆の長い素槍にも、貧しい中にも武士とその妻の湛《たた》えている矜持《きょうじ》のようなものが見えた。

夫の居室にもあんな長い槍が、鴨居《かもい》の上に架かっている。

何よ、あんな物、と思っていたが、陋屋《ろうおく》の壁に架かった黒漆の槍に、武士という者の清冽《せいれつ》な心のありようが感ぜられた。

ただ須磨が、武士の妻でありながら、通りを挟んだ堂前とやらの女郎勤めをしていることは、昨夜の夜更け、仕事から戻ってきたお浜とお志奈が世間話をする中で「気の毒な夫婦でね……」と、ひそひそ言い交わしていたのを聞いて知った。

魔性の女、という評判になっているんだよ、とお浜は声を潜《ひそ》めて言っていた。

女郎になった武士の妻、魔性の女……

瑞江はぼんやりと、どんな人なのだろうと思った。

それが早朝の騒ぎだった。

魔性の女の暮らしは貧しく、妖艶《ようえん》な顔だちゆえにいっそう暗い風貌に見えた。

須磨が困っているなら、力になってやりたい気がした。

瑞江はもうすっかり目が覚めていた。

お浜の店に戻るとお志奈は夜具を片付け、それから流しで米を研《と》ぎ始めた。

瑞江は上がり端に坐り、流しで働くお志奈の後ろ姿に言った。

「お志奈はご飯が炊けるの」

「あたり前じゃないか。端女《はしため》がご飯ぐらい炊けなかったら仕事にならないよ」

「わたしはできない」

「あんたは何もしなくていいの。そこにいて、化粧でもしてな」

瑞江は、何もしないのもちょっとつまらなかった。顔を洗いたいが、桶を持って井戸端へ水を汲みにいくのが恥ずかしい。どうやって水を汲むのかもわからないけれど、今は化粧をする気にはなれなかった。

お志奈が米を研いだ釜《かま》を竈に架けて、火を熾《おこ》しにかかった。

ふと、薄い壁越しに隣の須磨の話し声が聞こえてきた。どうやら、お浜に身の上話を語っているらしかった。

瑞江は身体を少し壁の方へ傾《かし》がせ、聞き耳をたてた。

話し声にすすり泣きがまじってはいても、言葉は聞きとれた。

ぱちん、とお志奈が竈の前で粗朶《そだ》を折った。

「……芦名久守《あしなひさもり》の妻に迎えられたのは二十三のときでした。夫・久守は十歳年上の三十三歳。お殿さま近習《きんじゅ》のお小姓《こしょう》方の組頭を勤め、武門一筋の人でした。お役目大事と心がけ、妻の前でもふる舞いに気を許すことなく、戯《たわむ》れ言はいっさい口にせず、笑わず、剣術に励み、書を読み、二人むつまじく語り合うことなどない夫婦でした。ですが、そんな夫が不満だったわけではありません」

須磨の声がとつとつと言った。

「そんな夫婦の契《ちぎ》りでも、翌年、わが伜《せがれ》が生まれたのですから。わたしはお役目に励む夫を誇らしく思っておりましたし、武士らしくあろうとふる舞う夫の堅苦しさは元より承知の婚姻でした。伜が生まれ、質素倹約を重んじつつ暮らしに不自由はなく、妻として母として義父母に仕える芦名家の嫁として、つつがない毎日でした」

「大きなお屋敷にお住いの、奥方さまだったんだね」

と、お浜の声が聞こえた。

「はい。芦名家は戦国の世から続き、佐竹《さたけ》、上杉《うえすぎ》に仕え、およそ百年前に今のお家に仕えることとなった誇り高き武門の血筋です。芦名家に嫁ぐにあたって、そういう古い家柄なのだから心して、お家のために嫁の務めを果たすよう、父や母から重々《じゅうじゅう》言われておりました」

「へえ。それぐらいのお武家ともなると、好《す》いた惚《ほ》れたで嫁になるんじゃないんだ」

瑞江は、ふんふん、と自分が言われたみたいに壁の向こうへ頷《うなず》いた。

「夫・久守についていて申せば、家に戻ったときぐらいは、わたしと二人のときぐらいは気を大らかにして、心を開いてほしいと思うときはありました。子供と遊んでほしいし、ときには男として、女のわたしを抱きしめて欲しいと思うときもありました。でも夫は、お役目のこともご家中のことも何も話さず、武士たるものの妻は後継ぎの子を育《はぐく》み、義父母に孝養《こうよう》に務めればそれでよい、という考えの人でした」

「そりゃあまあ、わからないじゃないけれど、それだけ、というのも女房としちゃあつらいところだね。女房だってきばらしがしたいときだってあるだろうし」

瑞江は仕事一筋の南町奉行である夫のことを、ふっと思い出した。

そして、そうよ、そんなのつまらないわよ、と思った。

「夫はお小姓方の組頭でしたから、お殿さまご出府の折りは、江戸上屋敷住まいとなります。お殿さまとともに一年を江戸上屋敷ですごし、一年を国元で暮らすという勤めでした。そうして、芦名家に嫁いで足かけ七年目の明けて二十九の春の初め……」

瑞江は壁際へにじり、もっとよく聞こえるように耳を近づけた。

粗末な棟割長屋の隣を隔てる土壁は薄く、ひびが入って、指先でさすると土がぽろぽろとこぼれたが、その分、須磨の声はよく聞こえた。

「江戸の夫より手紙が届いたのです。倅・久邦《ひさくに》も今年六歳になり、剣の師につかせ正しく稽古をさせたい。ついては近々、わが朋輩《ほうばい》の弟・小田切常敏という者が屋敷を訪ねる。常敏は年は若いが国士無双《こくしむそう》の槍の名手であり、倅の剣術指南にはこれ以上の人物はおらぬ、とあったのです。わたしは常敏が倅の剣術指南と知り少々意外でした。なぜなら、小田切常敏の名は家中では知らぬ者はなかったからです」

「国士無双の槍の名手でかい」

「ええ。それもありました。けれどこの人は、今でこそこのように病に冒され、痩せ衰えて昔日《せきじつ》の面影は忍べませんが、あの春のころ、そう、五年前の二十二歳の常敏はすらりと高い背に若き女子ですら恥じらう美丈夫《びじょうふ》、と評判がたつほどの麗しき若侍でした。家柄はよく、槍の腕は天下無双、そのうえに目元涼しき凛《りん》とした面差し。城下に常敏の名が評判にならぬはずはなかったのです」

へえ、このお方がねえ、とお浜の呟きが聞こえた。

「ちょっとあんた、およしよ」

いつの間にかお志奈が傍らにきていて、壁に耳を寄せている瑞江の腕をついた。

瑞江は長い指を唇の先に立て、しぃい、とお志奈をおさえた。

「常敏が初めて屋敷に訪ねてまいった日のことは、今でもよく覚えています。月代《さか》
《やき》が青々とし、二藍《ふたあい》の小袖に朽葉色《くちばいろ》の袴《はかま》が春の気配に色鮮やかで、それでいてさり気なさを思わせる扮装《いでたち》が痩身の高い身の丈に似合って、槍をとってはお家屈指の腕を持ちながら、供もつれずただひとり楽々と、白い面差しを庭の梅の木に遊ばせ、わが中の口に佇《たたず》んでおりました。そうして応対に出たわたしをひと目見て、白い面差しを……」

須磨の声がわずかに躊躇《ためら》って、「白い面差しを」と繰りかえした。

「ほんのりと朱《しゅ》に染めて、目をそらしたのです。まあこの人は、とおかしくもあ

りとても可愛《かわい》らしくもあり、初めて会ったそのときから、とん、と胸が鳴って、心が溶けるのを覚えたのです。なんと言いましょうか、それは花が咲き、薫風《くんぷう》がそよぎ、鳥が鳴き、水が流れ、ときが儚《はかな》げにすぎてゆくせつない気持ち、夫といるときには覚えたことのない不思議な、胸がしめつけられる、そんな心根《こころね》でした」

須磨はすすり泣いた。

「はしたないと、思いました。人の妻であり、もう六歳の子がいる母がらちもなく、とわが愚かさを恥ずかしく思いました」

「そんなに自分を責めることはないよ」

お浜が慰めた。

すすり泣きながら、小さな声で何かを応えた。そして続けた。

「それから常敏がわが屋敷へ三日に一度と決めて訪ねてまいり、倅・久邦の剣術指南を始めたのです。常敏は武術にすぐれていながら、とてもやさしくわかりやすく久邦に手ほどきしましたから、厳格な父親とは正反対の常敏に倅がすぐなつくようになったのは無理からぬことでした。年の離れた大好きな兄のように、思ったのかもしれません。でも、常敏を好いたのは、倅だけではありませんでした」

「好きになっちゃったんだね、あんたもこの人が……」

「常敏が声をかけ久邦がかけ声をあげて稽古に励む、それを家事仕事をしながら聞いているだけで胸の高鳴りを覚えました。わけもなく常敏の姿が見たくなって、何かと用を拵え、常敏と倅の稽古場である庭の方へいったものです。それでいて、まれに話しかける機会ができて常敏の側へいけばいったで、自分でも顔が赤らむのがわかり、常敏をまっすぐ見られないのでした」

はぁぁ――と、須磨がやわらかな溜息をつき、話が途ぎれた。そして、

「そっけなく話しかけたことがあとで悔やまれ、常敏のことが頭から離れなくなり、ついぼうっとして、家の仕事が手につかなくなりました」

と、続いた。

「でも、そんな心の乱れを家の者に気づかれていたわけではありません。義父母も倅も、この人ですら気づかなかったと、のちに聞きました。ひとりで胸を焦《こ》がし、それをわが胸の奥へ懸命に閉じこめていたのです。今にして思えば、心が張り裂けそうなほどに胸をときめかせたあの春のいっときが、一番幸せだったような気がしてならない。つらく狂おしく遣《や》る瀬《せ》ない、幸せだったような気がしてな

らないのです」

「そうだよね。踏み越えちゃあならない恋だから、いいんだよね。それを踏み越えちゃったら、幸せは不幸せの一本道になっちまうんだものね」

お浜が言った。

「夫が江戸より戻る、ひと月前でした……」

須磨はなおも語った。

七

それは、邪《よこしま》な魔の手が人の心をもてあそび、自堕落《じだらく》なふる舞いへと駆りたてずにはおかないお膳だてをしたような、奇妙な偶然の重なった日だった。

昼すぎに義父母が縁者《えんじゃ》に用があって出かけ、夕刻に戻ってくることになっていた。

午後、常敏が伜の稽古指南に訪ねてきて、いつも通り稽古が始まっていた。

須磨は居室にいて縫物をし、縁側に向けて開け放った腰障子の陰から、庭の向こうで久邦に稽古をつける常敏の黒の凛々《りり》しい稽古着姿を、ちらと盗み見てははしたないと自らたしなめ、また見ずにはいられなくなり、そっと見つめていた。

庭の梅の木には、春の鳥がさえずっていた。

常敏がすぐそこにいると思うだけで高鳴る鼓動に、須磨の縫物は進まなかった。

縫物など、本当はそのときでなくてもよかった。

義父母がいないことが、須磨のふる舞いを少しだけ大胆にした。

縫物をしていれば、ずっと常敏を見たいだけ見ていられると思った。

雨が降り始めたのは、それから四半刻《しはんとき》（約三〇分）ほどたってからだった。

ふと、気がつくと空を黒く厚い雲が覆い、鳥のさえずりが聞こえなくなっていた。

突然、降り出した雨に庭の草木が音をたて始めた。

須磨の胸騒ぎをかきたてるように、遠くの雷鳴が重く低く轟《とどろ》いた。

雨はたちまち本降りとなって庭先を叩き、常敏と久邦が、走って建物の陰に入るのが見えた。

家の者が、ばたばたと縁廊下の板戸を閉めていき、須磨は行灯《あんどん》に火を入れた。

ほどなく、常敏と久邦が縫物をしている居室へ現われ、常敏が若やいだ息をはずませ言った。

「この雨では仕方がありません。本日はこれまでとします。雨がやむまで、久邦どのと剣術談義をいたすことにしました」

「そうですね。ではお着替えになって剣術談義はここでなさり、わたしにもお聞かせくださいませ。ただ今お茶を淹《い》れましょう。ねえ久邦、そうなさい」

「はい、母上」

「ではお言葉に甘えて、茶を馳走《ちそう》になります」

と、常敏は清げな笑みを浮かべたのだった。

常敏と久邦が着替えている間に須磨は茶菓《さか》の用意をし、それから三人は、親子の団欒《だんらん》のような楽しいひとときをすごした。

久邦は常敏の剣術修行の話を、幾らでも聞きたがった。

夕刻になって、雨はやむどころか激しさをまし、収まっていた雷鳴がまたどこかで鳴り始めていた。

暗い空に一瞬明るみが走り、しばらくして大太鼓を思わせる轟きが、低く流れてくるのであった。

六ツ（午後六時頃）前、菅笠に蓑《みの》姿の使いの小者が、義父母が縁者の屋敷にて夕餉《ゆうげ》を馳走になり雨がやんでから帰宅することにした、との知らせを届けにきた。

義父母の知らせには、本日は小田切常敏どのが久邦の剣術指南にお見えであろうから夜食の用意など粗漏《そろう》なきように、という旨の伝言も添えられていた。

雨が降りしきり雷鳴は不気味だったが、須磨は常敏のために風呂の用意や夜食の支度を指図しつつ、知らず知らずに昂揚《こうよう》を覚えていた。

常敏の夜食には、むろん、酒を添えた。

「わたしがいたしますので……」

と、女中を下がらせ、客座敷にそろえた夜食の膳を、常敏、久邦、須磨の三人で囲み、須磨は常敏に酌をし常敏に差される酌を受けて、頬をほのかに染めた。

義父がいれば、義父が常敏の酒の相手を務める。しかしその夜は、夫との暮しの中ではなかったなごやかな夜食のひとときを、須磨は味わった。

五ツ（午後八時頃）になっても、雨のやむ気配はなかった。

雷鳴が近づき、北国の山端《やまはし》に走る稲妻が台所の明かりとりの窓より見えた。

久邦は寝る刻限になり、寝床に入って雷の音に首をすくめていたけれど、須磨が側についてしばらく母と子の話をしているうちに、心地よげな寝息をたて始めた。
須磨は台所で自ら新しい酒を整え、盆に乗せて客座敷に運んだ。
常敏は膳を前にして、ひとり酒を呑んでいた。微笑みを投げ、
「もう充分いただきました。どうぞ、これ以上はおかまいなく」
と、須磨から目を離さなかった。
見つめられて須磨は身体に火照《ほて》りを覚えた。
「よろしいではありませんか。雨はやむ気配もありません。雷が鳴っておりま
す」
須磨は新しい提子《ひさげ》を常敏の 盃《さかずき》 に傾けた。
常敏は顔色ひとつ変えず、盃を重ねていた。
縁側の板戸の隙間に白い光が走り、障子に射した。
夜空の割れる音が続いた。
「これでは久邦どのも寝つけませんね」
「あの子は何があっても目が覚めません。夫の久守がそうですから。似た親子で
す。戦か火事でもなければ、目を覚まさないのでしょう」
常敏が笑い、客座敷に眼差《まなざ》しを泳がせた。常敏の笑い声が途《と》ぎれて、ただ雨の

音が続いた。庭を打つ雨の音がいっそう激しさをまし、二人の言葉を消した。

雨音を透《とお》して、常敏が言った。

「わが先祖は、戦国の世、槍ひと筋の武勇で主家に仕えておりました。わたしはわが先祖のように槍の腕で名を上げたいと思い、子供のころより槍の稽古に励みました。今わたしは、槍の常敏、と言われるほどになりました」

須磨は常敏へ笑みをかえした。

「けれども、それだけです」

「それだけでは、だめなのですか」

「そうではありません。武門の誇り、侍としての名誉、身分、剣の腕、不自由のない暮らし、人の心はそれらのものでは満たされないということが、わかってきたのです」

「小田切さまほどのお方が、今以上に何をお望みなのですか」

雨とともに風が吹きつけ、縁側の板戸を叩いた。

「何も望んではいません。ただ、わたしの心には大事な何かが欠けている」

「大事な何か？　それはなんですか」

「わからない。ですが、欠けていることだけはわかるのです。わたしは未熟者です」

常敏は物悲しげな眼差しを須磨にそそいだ。

須磨は、常敏の眼差しに魅入られていく自分を心の中でなじった。

風雨が板戸をゆるがし、縁廊下を仕きる腰障子が細かく震えた。

なぜか急に、須磨は悲しくなり、そしてせつなくなった。

わずかな酒と常敏と二人きりの夜の中で、自分が自分でなくなっていた。

あるいはそれは、須磨が己の本心と向き合っていたからかもしれなかった。

そのとき不意に、行灯の火がゆれた。なぜか、ゆれたのだ。そして、邪な光の嘲笑《ちょうしょう》を残して消えたのだった。

「あっ」

須磨は小さな叫びを、暗がりの中にもらした。

あり得ないことだった。

だがあり得ないことが起こり、須磨の身にもこれから起ころうとしていることをそれは暗示した。

黒い影になった行灯を束の間《つかのま》見つめ、とっさに常敏へ戻した。

すると目をそらした束の間に常敏は座を立って、長身痩軀《そうく》の影を腰障子の前に亡霊のように佇ませていた。常敏の影は須磨に背中を向けていた。痩身ではあっても、侍の広い背中だった。

「帰ります」

常敏の影が言った。

「雨です」

須磨が応えた。

「帰らねばなりません」

一瞬、稲妻のひと筋の閃光《せんこう》が障子を走った。

須磨はどうしてそうなったのか、わからなかった。須磨にはそれが見えなかったし感じられもしなかった。ただ、

たあん……

と雷が鳴って、気がついたとき、常敏の広い背中にすがっている自分がいた。

それだけだったし、どうしてそうなったかは、わからなかった。

「いやです」

須磨は常敏の熱い身体に両腕をからめ、激しく抱き締めた。

「人がきます」

「誰もきません」

次の刹那、二つの身体はもつれ合って暗がりの底へ倒れた。

須磨はもがき喘《あえ》いで常敏の首筋へあられもなくしがみついた。

「誰も、きま……」

須磨はわれを忘れ、常敏の激しい吐息を嗅ぎ、常敏の艶やかな唇を吸った。

雷鳴がとどろき続けていた。

だがそれは、犯した罪に慄《おのの》く須磨自身の鼓動のとどろきなのかもしれなかった。


お志奈は壁際に坐り、瑞江と向き合って壁に耳を寄せていた。

竈で釜が湯気を噴いていた。

瑞江はお志奈に目で合図を送り、竈の方を指差した。

「大変っ」

お志奈が土間へ慌てて戻り、釜の様子を見た。そうして竈にくべた薪の燃え具合を火の粉を飛ばしながら直した。

お志奈は壁際の瑞江へふり向き、童女のように顔をしかめた。

瑞江は、くすり、と笑ったが、再び壁越しの話し声に心を奪われた。

「すべてはわたしのせいなのです。これほどの士の道を狂わせ、こんな惨《みじ》めな境遇に落としたのは、わたしの罪なのです。わたしは自分の犯した罪の報いを受けているのです。でもこの人に罪はない。この人は救い出して上げなければ……」

「あんたひとりのせいじゃないと、思うけれどねえ」

お浜が気の毒そうに言った。

「人の道を踏みはずしたわたしは、もう自分をとめられなかった。明日も、また明日もと常敏に求め続け、哀願し、密通を重ねたのです。常敏は毎夜、罪の重さに慄きつつわが屋敷のわが閨《ねや》に、忍んできました。夫の帰国まで半月ほどになったとき、これまでにしなければと常敏は言いました。けれどもわたしは泣いてすがり、別れるならいっそこの場でわたしを刺し殺してください、と言ったのです」

お浜が溜息をついた。

「そんな逢瀬《おうせ》が、他人に気づかれないはずはありませんでした。それから幾日もたたぬうち、城下にわたしと常敏の不義を働く噂《うわさ》はひろまっていました。外へ出ても他人の目が、屋敷にいても奉公人たちの目がそそがれている気がしました。

義父母にも噂は聞こえていたと思います。でも義父母は、何も言いませんでした。夫の帰国が間近に迫っていたからかもしれません。始末を夫につけさせるために」

わたしは罪深い女です。それでもわたしは――と言いかけた須磨が涙声になった。

それからすすり泣きが続いた。

「夫婦の契《ちぎ》りを断ち、家を捨てわが子を捨て、親子兄弟の何もかもを捨て、この人と国を捨てる決心がついたのは、夫が帰国する前夜でした。不義密通のそしりを受けて成敗されるのも、手に手をとって駆け落ちするのも、どちらも同じ鬼畜の道なら、どこまでも生き恥をさらしましょうと、逃れた道の果てに今この人は……」

須磨の声がかき消えた。

こんなつまらない話……と、ぽつりぽつりと聞こえた。

「いいんだよ。話して気がすむなら、幾らでも聞くよ」

お浜の枯れたやさしい声が言った。

半刻（約一時間）後、お志奈と瑞江、お浜の三人は、振り売りの小僧から買った蜆《しじみ》の味噌汁《みそしる》と白菜の漬物と白いご飯の朝飯をとった。瑞江は蜆の身を箸でようやく挟み上げ、

「これ、小さな蛤《はまぐり》ね」

と言って、お志奈とお浜を吹き出させた。

「お志奈、おこげが多いね。ご飯ぐらいちゃんと炊けないとだめだよ」

お浜がお志奈に小言を言った。

お志奈と瑞江が顔を見合わせ、ふんふん、と頷き合った。

八

しかし翌日の朝、お志奈は上手にご飯を炊いた。

朝五ツ（午前八時頃）すぎ、お浜が堂前へ勤めに出かけると、お志奈はお浜の着物に使う紐《ひも》を何本もとり出し、瑞江に「手を出しな」と、恐い顔を作って言った。

「それで縛る気？」

「可哀想だけどね。なるべく急いで帰ってくるから。雪隠《せっちん》は大丈夫かい」

「大丈夫よ。でも、こんなのいやだわ」

「仕方がないよ。あんたに逃げられちゃあ亭主の命があぶなくなるのさ」

「逃げない、と約束してもだめなのね」

「あんたの約束なんて、あてにならないもの」

「ふん、なら好きにしなさい」

お志奈は瑞江の両手首を後ろ手に縛り、両足も縛って動けなくし、さらに、

「大きな声を出して人を呼ばれちゃあ困るから、猿轡《さるぐつわ》を咬《か》ませるよ」

と、手拭をとり出した。

「どうぞ、ご勝手に」

瑞江はふくれ面をそむけて、素気なく言った。

六畳間へ横たえ布団をかぶせた。

「これなら少しは楽だろう。帰ってくるまで寝て待ってな。お土産《みやげ》に浅草饅頭《まんじゅう》を買ってくるから」

お志奈は気がはやった。

今日は栗田屋の読売が売り出されるはずである。

天王町の栗田屋へいってすぐにでも買い求めたいところだが、万が一、町方が張りこみをしていたらまずいと用心し、鳥越明神門前の元鳥越町《もととりごえ》の甚内橋《じんないばし》北の袂《たもと》で、読売の売子が通りかかるのを待った。

菅笠を目深にかぶり、袂の手摺《てすり》から鳥越川を見下ろした。

川船が何艘《そう》も往来し、川面《かわも》に映る青空と風になびく堤の柳をゆらしていった。

まだかまだかと待っているうち、だんだん気が張って溜息が幾度も出た。

やがて甚内橋南の猿屋町《さるやちょう》の通りを「評判、評判……」と、呼び売りをしながら瓦版の束を脇に抱えた置手拭の読売が、甚内橋の方へ近づいてくるのが見えた。

提灯を襟に差し、三味線をつれて流行唄《はやりうた》の節をつけて夜の町を売り廻る派手な読売もあるが、ひとり売りの読売もあって、それはひとり売りの読売だった。

胸が大きな音をたててときめいた。

読売の周りを見廻し、怪しい町方がつけていないか確かめた。

「ひょうばん、ひょうばん……酒呑み比べ決まる。酒豪大歓迎。酒呑み比べにて候。場所は千住宿、……」

と、小太りの売り子が甚内橋を軽妙な足どりで渡ってくる。

「それは栗田屋さんの読売かい」

お志奈が橋の袂から呼び止めた。

「へえ、栗田屋の読売でござい。酒呑み比べが開かれるよ。姐《ねえ》さん、酒はいける口かい。姐さんみてえな別嬪《べっぴん》が競うなら、どんな酒豪も酒を呑む前に姐さんにふらふらですぜ。ひょうばん、ひょうばん、酒呑み比べ……」

「一冊ちょうだい」

「へえ、八文」

お志奈は読売を手渡されると、すぐに踵《きびす》をかえして橋の袂を離れた。

ひたひたと草履を鳴らし、元鳥越町と大御番組の組屋敷との境の通りを東へ折れ、通りを新堀川まで出て書替橋《かきかえばし》を渡った。そしてそこから北へ、通りや路地を幾つか折れつつ山之宿町を目指した。

お志奈は浅草広小路まできて、そこでも用心し、花川戸から山之宿へ続く奥州街道へはゆかず、風神雷神門《ふうじんらいじんもん》から仁王門《におうもん》、随身門《ずいしんもん》を出て南北の馬道《うまみち》町を抜け、そこから山之宿の稲吉店へとった。

町内の路地や抜け道は知りつくしている。

が、稲吉店の裏塀の潜戸《くぐりど》近くまできたとき、路地に浪人風体の三人の男らが屯《たむろ》していた。三太郎がつれていかれたときは夜だったため、顔の見分けはつかないけれど、あのときさた安佐野家の寮の用心棒に違いなかった。

やはり見張りがついていた、と思うとお志奈は落胆した。この分だと、表側の木戸はもっと多くの男らが見張っているだろう。稲吉店には戻れない。

どうしよう――お志奈は考え、やがて路地を戻った。

山之宿から花川戸へ抜け道をたどり、自身番の裏手から表口へ廻った。

お志奈は両町名と《自身番》と記した腰障子へ、そっと声をかけた。

「可一さん、可一にいさん……」

短い間があって、障子戸がすっと開いた。

その日の店番らしい瀬戸物屋の多吉《たきち》さんが顔を出した。

多吉さんは障子の間から、目深に菅笠をかぶった顔を落としているお志奈を探るように見て、「可一さんかい」と聞きかえしてきた。

多吉さんの後ろから可一が現れ、「お志奈、どこへ……」と言いかけ、口をつぐんだ。お志奈は、ことん、と頭《こうべ》を垂れた。

「可一にいさん、お話ししたいことがあるんです。少しだけ、お願いできませんか」

「うん、いいとも」

可一はすぐに下駄《げた》をつっかけ、自身番前の玉砂利をかしゃかしゃと鳴らした。

「稲吉店のお志奈だよ」

「三太郎の女房じゃないか」

「ああ、あの札つきの女房か」

「しっ。聞こえるよ」

自身番で店番の多吉さんらが、小声で言い合っていた。

「お志奈、おいで」

可一がお志奈を気遣い、自身番裏の路地へ導いた。

路地の奥で裏店の子供らが遊んでいるが、そこなら邪魔されずに話ができた。

「お志奈、先日、稲吉さんの店へいったら三太郎がいて、おまえが南御番所の奥向きで働いていると聞いたよ。住みこみだってね。そのとき、今日明日には休みをもらって戻ってくると聞いてたので、自身番へ顔を出すようにって三太郎に頼んだんだけれど、おまえがこないからちょっと気になっていたんだ」

お志奈は唇を嚙《か》み締め、顔を落としていた。

「三太郎に会って、それで今日きたのかい？」

お志奈は頷きも、首を左右にもしなかった。

「お志奈、三太郎が稲吉さんの店に戻っていないみたいなんだ。三太郎に会ったのかい。会っていないのかい。今日は南御番所からきたのかい？」

それにも応えなかった。

「三日ほど前、《みかみ》で高杉先生と呑んでいたら、南町の役人がきてね。お志奈と三太郎のことを聞いていたよ。なんだか深刻そうだった。三太郎はどこにいるんだい。何をしているんだい。無事なんだろう。なんだか、町内が妙に騒がしいんだ」

可一はみかみが町方の御用で今、休みになっていることは言えなかった。

「可一にいさん、今は何も聞かないでほしいの。どうしてもにいさんにお願いしたいの。にいさんにしかお願いできる人がいないの。でも、でも……これはとっても迷惑をかけるお願いかもしれないの。それでもにいさんにしか……」

可一はお志奈を見つめた。

ひどく思いつめている様子だった。

「わかった。いいよ。なんでもお言い。やるよ」

「ありがとう、にいさん」

無理に笑おうとしたお志奈の目が、わずかに潤んだ。

「あたし、三太郎さんと旅に出るつもりなの」

「……いつ？」

「明日。急に決まって。だから、お父っつあんとおっ母さんのご位牌《いはい》を持って出る暇がなかったの。可一にいさん、ご位牌をとってきてくれない？　ご位牌は家の小箪笥《こだんす》の上に並べてあるわ。あたし、急いで帰らないといけないから、明日の昼九ツ（正午頃）に、それを花川戸の西河岸まで持ってきてほしいの」

可一はお志奈の願い事に、ひどいあやうさを覚えた。

ありようはわからないが、お志奈がぎりぎりの場にいる息苦しさが感じられた。

「稲吉さんの店に、誰かがいるんだね」

「向島の安佐野さまの寮の、用心棒たちが見張っているわ。たぶん……」

「もしかしたら、三太郎に何かあったのかい」

お志奈が頷いた。

「三太郎さんが安佐野さまにお勤めの本庄というお侍に殺されそうなの。あたし、三太郎さんを助けないといけない。そのために、大変なことをしてしまった。でも、あたし馬鹿だから、それしか助ける方法が思いつかなかった。だからにいさんにも迷惑をかけるから、話せないの。それでも、お願いしていい？」

可一はお志奈が可哀想でならなくなった。

「明日、昼九ツ、西河岸だね。心配はいらない。必ず持っていく」

お志奈のつぶらな目から、涙がひとつこぼれた。

「帰るところは、無事なんだね」

「うん。可一にいさん、迷惑がかかったら、ごめんね」

「いいさ。これでもわたしは要領がいいんだ。自分のことだけを心配しろ」

お志奈は大きく頷き、それから小走りに路地を走り出ていった。

大丈夫さ、お志奈――走り去るお志奈の後ろ姿に呟いた。


瑞江はようやく紐をとき、布団をはねのけて猿轡をはずした。

まったく、無礼者、と頭の中のお志奈をなじった。

猿轡を咬まされ汚れた口紅を流しで洗い落とし、顔も洗って、化粧水で顔をぱたぱたと叩いた。

お志奈の馬鹿、と瑞江は怒っていた。

白粉《おしろい》は塗らず、薄く口紅を刷《は》いた。丸鏡でためつすがめつ見て、

「これでいいわね」

と、鏡の中の自分に笑いかけた。

そこへ、薄壁を透して隣の須磨と常敏の話し声が聞こえてきた。

瑞江は壁際へにじり、また耳を近づけた。

「須磨どの、わたしはもう助からぬ。わたしのために、薬代を使う必要はない。むだだ。頼む、やめてくれ」

「またそのようなことを。あなたはわたしの命。それ以上申されて、わたしを苦しめないでくだされ」

「すまない。もうとり乱しはしない。だが、わたしはこの世に無用の者だ。わたしとあなたは違う。わたしにはわたしの死があり、あなたにはあなたの生があるはず」

「やめてください。聞きたくありません。わたしと常敏どのは二人でひとり。そう言い交わして、たとえ生き恥であっても生きるところまで生きようと、誓ったではありませんか」

瑞江は立ち上がり、土間へ下りた。

草履をつっかけ、腰高障子を一尺（約三〇センチ）ほど開けて路地をのぞいた。

井戸端で裏店のおかみさんが二人、洗い物をしていた。

瑞江はおかみさんらに、に、と微笑み、しんなりと小首をかしげた。

瑞江は路地へ出て、隣の腰高障子の戸の前までいった。

おかみさんらは唖然とした顔つきを、瑞江がしなしなとゆくのに合わせて下げた。

「ごめんください」

瑞江は戸を引いた。

「ちゃんと夕ご飯は、食べてくださいね」

出かけようとしている須磨と目が合った。

須磨は「あ？」と声をもらした。

横たわった常敏の枕元に、白い布巾をかぶせた膳が用意してあった。隣には盆に載せた土瓶と湯呑がおいてある。

常敏が寝顔を向けた。

須磨があたったのか、昨日の朝は生えていた口元の髭が綺麗に剃《そ》ってあった。

「これからお仕事ですか。ご苦労さまです」

遠慮もせず瑞江は土間へ入り、にこやかに言った。

須磨は感じるところがあるらしく、部屋の上がり端に跪《ひざまず》き、手をついた。

「昨日ははしたないふる舞いにてご迷惑をおかけし、申しわけございませんでした。改めてお詫《わ》びをいたさねばなりませんが、お方さまのお足元にも近づけぬ卑しき身でございます。なにとぞ……」

「そのようなこと、気になさらずともよろしいのです。手をあげてください」

瑞江はためらいもなく上がり端にかけて言った。

「お浜にうかがっておりましたし、粗末な建物で声が聞こえてきたものですから」

「お恥ずかしゅうございます」

「大変なのはわかりますけれど、くじけてはだめですよ」

須磨から常敏へ目を移した。

病み衰《おとろ》えてはいても、常敏には確かに若い面影が残っていた。

瑞江は壁に架けられた黒漆の槍を見上げた。

「ご主人は槍がお上手なのですね。立派な槍だわ。あの槍を携えられさぞかし、凜々しいお姿だったのでしょうね」

「はい」

須磨の青白い顔に、ほんのりと朱が差した。

常敏は目を閉じていた。

「わが夫に、槍がお上手なご主人の仕官の先を頼んでみます。わが夫は剣の腕はさほどではありませんが、根廻しや処世術にたけておりますので、きっとなんとかなると思います」

須磨は呆然と瑞江を見つめた。

瑞江はそんな須磨に、にっこり、と微笑んだ。そうして、

「そのためにも、まずはお身体をしっかり治さないとね」

と、じっと目を閉じている常敏へ言った。

その途端、腰高障子がばたんと開いた。

お志奈が戸口に立っていた。恐い顔をして瑞江を睨んだ。

「あら、お帰り」

瑞江がのどかに言った。

「あんた、ここで何してんのよ。勝手にうろついてはだめ。許さないわよ」

「そんなに恐い顔をして。それよりお饅頭は買ってきたの」

九

正定寺《しょうじょうじ》門前町の掛茶屋に郎党《ろうどう》が駆け戻ってきた。

郎党は葭簀《よしず》の陰の長腰かけにかけた主人の前に、片膝をついた。

「間違いございません。小田切常敏どのがおられました。ただ、須磨さまのお姿は見えません。おそらく、例の勤めに出かけられたかと。また常敏どのは病に伏せっておられるご様子」

芦名久守は「ふむ」と、郎党へ大きく頷いた。

隣の長腰かけにかけている見届け人の士と小田切仙十郎《せんじゅうろう》へ、短く「では」と促した。

「いきましょう」

士が応え、茶碗をおいて立ち上がった。

仙十郎と仙十郎が従える中間《ちゅうげん》はすでに立ち上がっていて、中間は仙十郎の羽織を後ろからとった。

久守の郎党も久守の羽織をとり、二人の羽織は仙十郎の中間があずかった。

久守が朱鞘《しゆざや》の大刀を、仙十郎は黒漆が映える一刀を腰に差した。

黒の小袖と渋茶のたっつけ袴の久守に、一方の仙十郎は紫紺の小袖に朽葉色の同じくたっつけ袴。すでに両者とも白の襷《たすき》に鉢巻を締めていた。

「亭主、茶代をここにおく」

久守が奥の年配の亭主へ声をかけた。

へえ、ありがとうございます——と応えた亭主と、女房と思われる前垂れの女が一行へ腰を折った。

竈に架かった茶釜が、亭主と女房の側で湯気を上げていた。

寺町の参詣帰りらしいほかの客も、物々しい扮装《いでたち》の一行を好奇の目で見守った。

茶屋を出た一行は、須磨の夫・芦名久守とその郎党、小田切常敏の兄・小田切仙十郎と挟み箱を担ぎ木刀を差した中間、そして江戸上屋敷に勤番《きんばん》する見届け人の士の五人だった。

久守と仙十郎、士、郎党、中間の順になって、新堀川端の明地《あきち》と武家屋敷の土塀の間の道を坂本町へとった。

郎党は歩きながら、白襷と白鉢巻の支度を拵えた。

五人の殺気だった気配に通りがかりはみな道をよけた。野良犬も逃げ去っていく。

五年前、小田切常敏とお小姓方組頭・芦名久守の妻である須磨の不義密通と駆け落ちは、城下にたちまち広まった。

それが久守が当主に近習して江戸より帰国するまさに前夜だったことから、猥《みだ》りがましい噂や評判をよけいにかきたてた。

その出来事が上聞《じょうぶん》に達し、当主は「なんたる不始末」と、怒りを隠さなかった。

殊に、お家随一の槍の使い手と称えられていた若き小田切常敏が、そのような不埒《ふらち》なふる舞いに及んだことを許さなかった。

夫が役目によって当主の参勤に従い江戸にいる間に、ひとかどの侍がその妻と不義を働くとは不届き千万、言語道断。即刻、常敏を討て、との上意《じょうい》が下された。

命《めい》を下されたのは、「一族の恥を雪《すす》げ」と、須磨の夫・芦名久守と常敏の兄であり久守の朋輩《ほうばい》でもある小田切仙十郎であった。

ただ、須磨を成敗するか捨ておくかは、夫・久守に委《ゆだ》ねられた。

だが家中の誰もが、久守は妻を成敗するだろう、と噂した。というのも二人の不義は、じつは須磨が常敏をあの妖艶な色香でたぶらかした、とまことしやかにささやかれていたからである。

この五年、常敏と須磨の消息を追い求めたが、行方は容易につかめなかった。久守にも仙十郎にも勤めがあり、それをおいてもという世ではなくなっていた。

五年目のこの秋になって、江戸勤番の侍より、江戸は浅草堂前という岡場所で評判になっている、お佐井という女郎の話がもたらされた。

お佐井は侍の妻らしく、大年増《おおどしま》だがその妖艶さ猥らさが人気の女郎だった。そのお佐井が須磨に間違いなく、夫である浪人者と岡場所の近くの裏店で暮らしている、という知らせだった。

久守と仙十郎は上役に願い出て、江戸出府の許しを得た。

当初の怒りが冷めていた当主は、「許す」と直々《じきじき》に声をかけたものの、素っ気ないお言葉であったけれども。

新堀川に架かっている欄干もない粗末な古い板橋を、東へ渡れば東本願寺裏手の道、西へ道を折れれば坂本町である。

坂本町の先に堂前の岡場所があり、小店《こだな》の並ぶ坂本町の通りの途中から木戸をくぐれば銀三郎店である。

路地の両側にうらぶれた長屋が建っている。

「西側長屋の、奥から二軒目です」

木戸の前に立って郎党が手を差し、言った。

久守は頷いた。

「お身内ではあってもこれは上意。覚悟はよろしいな」

と、仙十郎へ言った。

「念には及ばぬ」

応えた仙十郎の顔が青ざめていた。

久守は仙十郎から、見届け人の士、郎党、中間、と見廻した。

表店の者や通りがかりが、五人の尋常ならざる気配に気づいて、ちらほらととり巻き始めていた。

久守が真っ先に路地に草鞋《わらじ》を鳴らした。

路地で遊んでいた子供らが五人の険《けわ》しい様子に怯えて、脇へよけていく。

井戸があり、井戸端にいた女らが怪訝《けげん》そうに一行を見つめた。

久守は奥から二軒目の黄ばんだ腰高障子の前へ、腰の大刀をつかんで立った。

「いくぞ」

と言った。

戸を静かに開けた。

店《たな》は薄暗く、すえた臭いがこもっていた。

狭い土間に続いて粗末な部屋がある。布団が敷いてあり、すでに久守らの気配を感じていたのか、常敏が布団の中で上体を起こし、戸口の方へ顔を向けていた。

久守と目が合った。

乱れた総髪に窪《くぼ》んだ眼窩《がんか》、こけた頬、曲がった背中に、お家一の槍の名手・小田切常敏の面影はなかった。

常敏が久守へ、上体を起こしたなりの布団の中で頭を力なく垂れた。

それは、やっとこられましたな、と笑いかけたようにも見えた。

久守と仙十郎が土間へ踏み入り、郎党と士と中間が路地から見守った。

久守は壁に架かった槍へ一瞥《いちべつ》を投げた。そして、

「小田切常敏、久しぶりだ。上意である。おぬしを討たねばならぬ」

と、低く透る声を震わせた。

「上意ですか。女敵討《めがたきう》ちではないのですか」

「わたしは面目を潰し、わが子は母を失い、芦名家は恥をかかされた。だがわたしは殿にお仕えする役目を優先すべきだと思った。おぬしと須磨を追う気などなかった。しかしながら殿はおぬしのふる舞いを侍にあらざるものと、殊のほかお怒りになられた。われらに上意討ちが命じられたのだ。捜したぞ、常敏」

「常敏、わが一族がこうむった汚名、嘲弄《ちょうろう》を雪《そそ》ぎにきた。おまえにこれ以上生き恥をさらさせるわけにはいかぬ。覚悟はよいか」

兄の仙十郎が幾ぶん引きつった声で言った。

「兄上、芦名さま、わたしにはあなた方に詫びる言葉もない。この五年、覚悟をせぬ日はなかった。どのように死ぬか、そればかり考えて生きてきた。須磨どのにも、むごたらしいほどの苦労をかけた。ようやくそれが終わる」

「よかろう。この場で討つか、それとも場所を変えて立ち合うか、おぬしが選べ」

「この世に未練はないが、槍一筋の侍の身、最後にわが槍でお相手申さん」

「望むところ。通りの先の川端に小広《こびろ》き明地があった。そちらでいかがか」

「承知」

布団をのけよろけつつ起き上がる常敏は、薄汚れた浅黄《あさぎ》色の、みすぼらしい帷子《かたびら》ひとつだった。

裸足の足が枯れ木のように細い。

壁に寄りかかり、黒漆の槍に手をかけた。

久守と仙十郎が先に路地へ出た。

長屋の住人の何人かが、不穏な声を聞きつけ、路地へ出ていた。

瑞江とお志奈は隣から聞こえる声に驚き、真っ先に路地へ飛び出していた。

白襷に白鉢巻の久守と仙十郎、二人より遅れて常敏が長い槍を引きずり、裸足の覚束《おぼつか》ぬ足取りで店から出てきたとき、瑞江はお志奈の肩を叩いた。

「お、お志奈、あなた、須磨さんに知らせてきなさい。急いで知らせてきなさい」

瑞江が喚いた。

うんうん……

と、お志奈はわれを忘れて、抜け道のある路地奥の潜戸へ走った。

瑞江とお志奈の声が聞こえたのか、久守が瑞江へふりかえった。

町家の女の拵えはしていても、粗末な裏店には似合わぬ瑞江の様子に、久守は少々訝《いぶか》しむ表情を浮かべた。

瑞江を射《い》すくめる眼差しがそそがれた。

だがすぐに常敏へ視線を移し、五人の先へたって路地を出た。


新堀川の西堤に東西三間半（約六・三メートル）余、南北百三十間（約二三四メートル）ほども明地がのびていた。

その明地の欄干のない板橋の西詰袂から北側明地に、北に久守、南に仙十郎、西の明地と土塀の境の道を郎党がしめ、三方から常敏を囲んでいた。

常敏の東側は新堀川である。

見届け人の士と中間は、通りや橋の袂をとり巻き始めた人垣を制し、

「奉行所にも届けておる立ち合いでござる。怪我《けが》がなきよう退いてくだされ」

と、注意を促していた。

見物人は板橋の東詰にも集まっていた。

「用意はいいか」

久守の言葉に、常敏は大きく両足を開き、二間半（約四・五メートル）の槍を

久守の胸へ向け、構えた。

久守が静かに抜刀し、二人が続いた。

見物人から、うおお、とどよめきが上がった。

「いくぞっ」

久守の声を合図に、

「おおっ」

と応じ、三人は、じり、じり、と囲みを縮め始める。

囲みの中の常敏は、乱れた総髪を後ろにひとつに束ねただけの長く垂れた髪をゆらし、槍を高々と天へかざした。そしてその痩せ衰えた身体のどこにそんな力が残っていたのかと思われる力強さで、ぐうん、と槍をひと回転させた。

久守が青眼《せいがん》に構え、なめらかな足どりになって常敏との間をたちまちつめる。

常敏も一歩二歩と踏み出したが、そこで咳きこみ、足元がもつれた。

常敏は態勢を立て直し、

「こい。容赦はせん」

とかえした刹那、初めに槍を突き入れ、戦端《せんたん》が開かれた。

しかし穂先に鋭さはなく、久守はそれを易々《やすやす》とはね上げる。

からあん、と川面へ響き渡った。
はね上げられて、常敏は重い槍を持て余したかのように後退《あとずさ》った。
「いえええっ」
仙十郎が叫んで上段にとり、常敏の背後へ打ちかかる。
常敏はかろうじて身を翻し、その打ちこみを槍を薙《な》いではじきかえした。
仙十郎は一撃をはじきかえされ、態勢が流れた。
流れた隙へ、突き、突き、と常敏が二撃を突き入れる。
それを左右に払いつつ、後退を余儀なくされた。
だが郎党が横から打ちかかり、常敏の突きを阻《はば》んだ。
瞬時に常敏は槍をかえしふり上げ、横合いから迫る郎党へ叩きつけた。
郎党はかろうじて身をよけた。
郎党の傍らの地面を穂先が叩き、はねる。
しかし常敏は槍を片手一本で天へかざし、再びふり廻した。
ぐうん、ぐうん、と宙でうなりを上げる槍が、三方よりの攻撃を怯《ひる》ませた。
だが、わずかそれだけで早や力を使い果たした常敏は咳きこんだ。
「ふむっ」

一瞬の間をついて踏みこんだ久守の刀が、充分な余裕を残して槍を受け止めた。

かららら……と、刀と槍が咬み合った。

久守は刀を槍に絡ませ大きく掬《すく》い上げるや、また一歩、大胆に踏みこんで上段から斬り落とした。

「とおおっ」

「あっ」

常敏が顔をそむけた。

額から眉にかけて、赤い筋が見る見る浮かびあがった。

それからつつっと血がしたたった。

槍先は虚《むな》しく空をさまよい、たたらを踏んだ常敏が次の久守の抜き胴を防ぐ術《すべ》はなかった。そう見えた。

ところが久守は、束の間、それをためらった。

常敏のあまりに無残な姿が、胸を打ったのかもしれなかった。

束の間のためらいが、常敏の後退を許した。

常敏は久守へ向けた穂先を地に引きずり、仙十郎へ向け、さあ討て、と言わんばかりによろよろと突き進んでいった。

その形相と捨て身のふる舞いに仙十郎はたじろぎ、青眼に構えたまま退いてゆく。

郎党が西側の道をおさえて併走《へいそう》し、久守は常敏との間を保ちつつ追った。

板橋の西詰にできた人垣が喚声をあげて逃げ散った。だが、仙十郎は逃げ遅れた見物人らと交錯するのを避け、やむを得ず板橋へと退いた。

それを追う常敏は、板橋の西詰にかかる。

仙十郎は橋の東詰で踏み止まり、そこで青眼から上段へ構えた。

橋の長さはわずか二間余である。

もはやこれまで、という気迫がみなぎった。

久守と郎党は常敏の背後、二方向を遮った。

「常敏、覚悟」

久守が声を張りあげた。

ふりかえった常敏は、喘ぎながら懸命に槍を構えた。

「たあっ」

久守へ突き入れた。

けれども最早《もはや》、常敏の突きは久守の動きに抗《こう》し得なかった。
久守は突きをかいくぐり、瞬時に鋭く斬り上げた。
白刃が胴から胸を一閃《いっせん》した。
そこへ背後より、仙十郎が袈裟《けさ》に斬り落とした。
見物人の喚声が一斉に湧きあがった。
常敏が身をよじった。
うめき声が血のようにしたたった。
両膝をつき、だらりとした身体をゆらめかせた。
天を仰いだが、長い間ではなかった。
やがて力が失《う》せ、槍が板橋に転がった。
仰向《あおむ》けにゆっくりと倒れていった。
常敏の総髪が、板橋の縁から川面へ垂れ下がった。
「ああ、常敏どの……」
女の悲痛な叫びが響き渡ったのは、そのときだった。
見物人の目が叫び声へ一斉に向き、驚きの声があがった。
緋《ひ》の長襦袢《じゆばん》ひとつに裾を乱し、裸足の須磨が人垣をかき分け走り出てきたのだった。

「常敏どのっ」

須磨が再び叫んだ。

久守と目が合い、須磨は一瞬立ち止まった。だがすぐに、常敏の側へ走り寄った。

そして全身血まみれの常敏の傍らに佇み、身体を震わせた。

「可哀想に……」

せつなさにうめき、常敏の傍らへ両膝を折った。

それから木偶《でく》のようになった身体を膝に抱えた。

涙があふれ頬を伝わり、常敏の血塗られた顔へしたたった。

須磨の白い手は、すぐに血で真っ赤になった。

「わたしです。須磨です。わかりますか」

須磨が泣きながら言った。

「許して、くれ……」

常敏がかすかに言った。

「いいのです。詫びなければならぬのは、わたしです」

須磨は常敏の生気の失せていく顔をつくづくと見つめ、なおもうめいた。

「花の容顔《かんばせ》錦の衣、天下無双の槍の妙手《みようしゆ》と、称えぬ者のなかった常敏どの。人も羨む行く末を捨て、道なき道へとそなたを迷わせたわが愚かな思い。わたしの犯した罪を、なんと詫びればよいのでしょうか。かくなるうえは死出《しで》の道、手に手をとってどこまでも、わが身もともにゆきましょう」

須磨が久守を見上げた。

「久守どの、後生《ごしよう》です。どうぞその刀で今一度、罪深きわが首を落としてくだされ。犯した罪の報いを、何とぞ受けさせてくだされ」

涙をあふれさせながら、須磨が言った。

見物人の間から、ざわめきが起こった。

かえり血を浴びた久守は、刀を下げ、沈黙していた。須磨を睨《にら》み下ろし、考えていた。やがて沈黙の後、

「われが捨てた子に、言い残す言葉はないのか」

と、静かな口調で言った。

「言うも愚かなれど、許してたもれと……」

須磨の言葉が震えた。

久守は表情を変えず踏み出し、それは冷徹でゆるぎがなかった。

周囲のざわめきが凍りついた。

須磨は頭を垂れた。

白粉の剝げたうなじにかかる後《おく》れ毛が、悲しげだった。

「待って。待ちなさい」

突然、凍りついた周囲を女の声が破った。

久守は歩みを止め、声へふりかえった。

女が人垣の間を割って走り出て、久守の傍らを遠巻きにすり抜けると、須磨と久守の間に立ちはだかった。

見物人の驚きの声があがった。

続いてそこへもうひとり、童女のような俊敏さで走り抜けた女が、初めの女の後ろへ廻ったから、見物人の驚きの声はさらに高まった。

「この人は斬らないで」

女は久守を睨み、凜と言った。

久守の冷徹な顔が、訝しげに歪んだ。

先ほど銀三郎店の路地で見た、粗末な裏店の住人とも思えぬ女だった。もうひとりは、須磨を呼びに駆けていったと思われる童顔の女だった。

「女、どけ。ゆえあってのことだ。いらざる口出しをするな」

久守が厳しい口調でたしなめた。

瑞江はどかなかった。胸をそらせ、

「おやめなさいっ」

と、やりかえした。

そう言った瑞江の美しい相貌と大胆さに、見物人のざわめきは「おお……」というどよめきに変わり、橋の両側で波を打った。

「女とて、容赦はせぬぞ」

久守がまた一歩を踏み出した。

「な、なんですか」

瑞江は懸命に言って、いっそう胸をそらせた。

するとお志奈が瑞江の肩口から顔を出し、甲高い声で久守へ言った。

「この人は南町のお奉行さまの奥方さまだよ。奥方さまを斬ろうってえのかい」

久守は瑞江から目を離さなかった。物思わしげな眼差しだった。

上意討ちの届けに粗漏《そろう》はない。

斬るか、とおぼろに思い、まさか、と思いかえした。

信じられねえ、妙なことになってきたぜ、でたらめだよ、けど確かにあの女はちょっと違うね……などと、ひそひそと言い合う声がまじり合った。

「埒《らち》もない」

久守は垂らした刀を、ぶん、とふって血を払った。

懐紙《かいし》をとり出し刀身をぬぐった。刀を鞘に納め、瑞江に近づいた。

「斬りはせぬ。どけ」

久守に睨まれ、瑞江とお志奈は脇へ退《しさ》った。

久守は常敏を抱きかかえた須磨の前へ進み、足下に見下ろした。

「おまえを斬っても、刀の穢《けが》れだ。思う通りにせよ」

それから、仙十郎に言った。

「もう充分だ。引きあげよう」

仙十郎が頷き、見届け人の士や郎党、中間らへ目配せした。

しかし、いきかけた久守が須磨へふりかえった。

「常敏を、これで葬ってやれ」

懐奥からとり出したひとにぎりの包みを、須磨の足元に投げた。

包みの中の硬貨が橋板に、かちゃり、と鳴った。

久守は瑞江に一瞥をくれ、左右に道を開ける人垣の中を歩み去った。

十

その夜、お浜の店《たな》では瑞江とお志奈が、竹皮の包みをといた饅頭を挟んで向き合っていた。お志奈が花川戸の可一に会った帰り、浅草広小路の菓子所で買ってきたお米饅頭だった。

お米饅頭の脇に栗田屋の読売がおいてある。

二人は饅頭を、声もなく、うつろな眼差しを漫然《まんぜん》と泳がせ、しかしむしゃむしゃと旨《うま》そうな音をそろえて食っていた。

早桶《はやおけ》に入れられた常敏の亡骸《なきがら》は家主の銀三郎の世話で、簡単な弔《とむら》いをすませ、先ほど、下谷通新町《したやとおりしんまち》の火葬寺へ人足二人が担いで運ばれていった。

「この人はわたしひとりで送ります。それがこの人には相応《ふさわ》しいのです」

須磨がそう言って、ともに火葬寺へ赴《おもむ》こうとする裏店の住人らに断わり、ひとり早桶について夜道をいくのを、瑞江とお志奈は掌を合わせて見送った。

お浜は焼香《しょうこう》に一旦帰ってきたが、まだ仕事があるので酒田へとってかえした。

瑞江とお志奈は白湯《さゆ》をすすり、溜息をもらした。

「はあ。今日は、いろんなことがあったわ」

瑞江が溜息と一緒に言った。

「ひとりになって、可哀想だね」

お志奈がぽつりと言った。

「不義を働いたのかもしれないけれど……」

「許されない仲だもの。仕方なかったのよ」

「もしかしてお須磨さん、旦那を追って自害なんて、しやしないだろうね」

「そこまで思いつめているなら、わたしたちにはとめられないわ」

「せっかく、あんたが助けた命なのに」

瑞江は饅頭を頬張った。白湯を呑んで、

「美味しい」

と言った。

「それよりあなた、これでうまくいくと思っているの」

瑞江が読売を手に取って訊《き》いた。

四枚立て読売の「酒呑み比べ」の大見出しの表題の脇に、

《委細承知 仕《つかまつ》り 奉《たてまつ》って候 南御番所》

と、小さな見出しのようにさり気なく記してあった。

瑞江は、お志奈がこれで三太郎を助けられると思っている軽率《けいそつ》さをあやぶんだ。そんなに上手《うま》くいくのだろうかと、日ごろの夫を思い出して首をひねった。

承知したと返事はあっても、あの夫が易々と交換に応じるとは思えなかった。

「いくにきまっているじゃないか。いかなきゃあ奥方さまのあんたの命がないんだ。武士に二言《にごん》はないさ」

お志奈は恐い顔で瑞江を睨んだ。

「あぶないわ。約束を守るかしら」

「あたしは守るよ」

「わたしの知っている侍なんて、みんな、嘘《うそ》ばっかりついているわよ」

お志奈は唇を噛み締め、眉を曇《くも》らせた。しかし、

「守らなくても、守らせるさ」

と、あどけなさの残る顔に決死の覚悟をこめて言った。

浅草寺の時の鐘が夜の四ツ（午後十時頃）を報《しら》せ、通りより夜廻りの拍子木《ひようしぎ》が

聞こえた。
どこかの犬の鳴き声が、寂しく聞こえた。
夜は静かに、不気味に更けていった。

# 第四章　のるかそるか

## 一

江戸城御黒書院《おくろしょいん》御錠口《おじょうぐち》より北側へ御成《おなり》廊下がのび、御成廊下の東側に小庭を隔てて御老中御用部屋がある。

翌朝五ツ（午前八時頃）、その老中御用部屋において、執政五人の首座《しゅざ》である老中と南町奉行が向き合い、端坐《たんざ》していた。

南町奉行は老中首座の前に平身《へいしん》し、事の経緯をるる述べていた。

奉行の低い語り口が御用部屋に流れ、老中の咳《せき》払いがとき折りこぼれた。

役目を持つ旗本や大名が登城する表玄関より遠く離れ、黒書院のあるこのあたりは誰もが息をひそめて静まりかえっているが、とき折り外の廊下を通る表坊主の床をする足音やご近習《きんじゆ》の者らの物静かな歩みの気配が伝わってきた。冬雀《ふゆすずめ》が、御用部屋の西と北を囲む庭の松で寂しく鳴いていた。

奉行の声が途ぎれ、老中はしばらく考えた。

「……なるほど、そのようなことであったのか。それしきのことならば、とりたてて上さまのお耳を煩《わずら》わすほどの事でもあるまい。適宜《てきぎ》、お奉行自らが指図し処置することでよろしかろう。まあ、手をあげられよ」

と、平身のままの奉行へ言った。

しかし、奉行が頭をあげると、老中の顔つきは平穏なものではなかった。みっともない、という不快感が露《あら》わに見えた。

冷や汗が奉行のこめかみを伝わった。

普段ならば町奉行の登城は朝四ツ（午前十時頃）だが、その朝、老中首座より南町奉行へ異例の登城のお指図が、徒目付《かちめつけ》より届けられた。

南町奉行の奥方さまが白昼、奉行所奥向きよりかどわかされ、奥方さまを人質にお奉行が賊《ぞく》になんらかの脅しを受けている模様、なる噂《うわさ》が、昨日の夕刻、徒目付より目付へもたらされ、目付より若年寄、さらにご老中首座へ報告がひそかに上がった。

ひそかにというのは、奉行所内でも奉行所の主だった者と奥方さま救出にあたる掛《かかり》の者以外は、殆《ほとん》どがそれを承知しておらず、厳しく箝口令《かんこうれい》が敷かれている様子がうかがえたからである。

老中は眉間《みけん》に皺《しわ》を寄せ、やや語調を変えた。

「とは言え、白昼奥方が奉行所奥向きよりかどわかされるなどと、武家として不心得《ふこころえ》のそしりはまぬがれぬ。それでも江戸の治安をあずかる町奉行所か、と非難されてもいた仕方がないし、奉行所を愚弄《ぐろう》する者が出るのもやむを得ぬ」

奉行は応《こた》えようがなく、こめかみの汗を指先でそっとぬぐった。

「で、適宜なる処置の手筈《てはず》は、すでに整っておるのか」

老中がさり気なく質《ただ》した。

「は。人質を無事救い出すことを最優先といたし、そのために……」

と、奉行は今日の昼九ツ（正午頃）、人質の交換が行なわれる段取りの説明をした。

「人質の無事救出を最優先とするのは当然だ。人の命は何物にも代えがたい。殊にこのたびの人質は、おぬしの奥方でもあることだしな」

老中は言葉に幾ぶん皮肉をこめた。

「年若く美しき奥方とうかがっておる。後添えを迎えられたとか」

「三年前、縁《こうべ》がございまして」

奉行は頭を垂れた。

「若く美しい後添えを迎えられるのは結構なことだが、若い妻ゆえに甘やかしてわがままなふる舞いを許しておくのは、武家の奥方に相応《ふさわ》しくない。武家にあるまじきわがままなふる舞いを許しておいたからこのたびの事態を招いた、と言えなくもない。そうであろう」

垂れた頭をあげられなかった。

「埒《らち》もない噂であっても、噂が体面を疵《きず》つけるということがある。武家には武家の日ごろの嗜《たしな》み、心がけが肝要《かんよう》というものだ。ひと言、申しておくぞ」

ははあ――と、奉行はひたすら畏れ入った。

「ま、それはそれとして、賊はどのように処置する所存か」

「人質を無事救出し次第、賊を召し捕らえるべく全力を上げます」

奉行にはそうとしか言えなかった。すると老中は、

「女子《おなご》にして大した胆力《たんりょく》だな。ろくでもない亭主のためにそこまでやるか」

と言った。そして、ふん、と笑った。

「しかし、その女子、相手を間違えた。それしきのことだが、卑《いや》しき端女《はしため》の分際でお上《かみ》の面目をつぶしたふる舞いは、あってはならぬことだ。厳しく断罪せねばならん。そうではないか」

「いかにも、さようでございます」

「幾ら隠密《おんみつ》にしたところで、奉行所の失態はすでに世間に知れ渡っておるだろう。ならば二度とこのような事が起こらぬよう、世間の手前、灸《きゆう》をすえてやる必要がある。つまりだ、奉行所に盾つく行ないがいかに愚か極まりないか、懲《こ》らしめてやらねばご政道のしめしがつかん、ということだ」

奉行は同意したが、老中の陰にこもっていながら険しい物言いに戸惑いを覚えた。

奉行は、妻の瑞江を無事に救い出したのち、お志奈を捕らえ、定法《じようほう》に則《のつと》って処罰するつもりだった。

かどわかしは重罪ながら、欲に目がくらんだ身代金目当てではなく、亭主の命をただ救いたいがためにしでかした一途《いちず》な若い女房の愚かさは、憐《あわ》れでもあった。

瑞江を無事戻せば情状を酌量《しやくりよう》してやる余地はある、とさえ思っていた。

のみならず、すべてを隠密裡《り》に処置し、たとえ噂がたとうと無視することで受け流す目論《もくろ》みだった。ところが、

「手荒な始末でも構わぬ。女とて容赦は無用だ。身分をわきまえないふる舞いでお上の定法を犯せばこのように懲らしめるぞ、と奉行所の果断《かだん》なる処置を下々《しもじも》の者らに見せつけてやる必要がある」

と、老中は酷薄《こくはく》そうに目を細めた。

「むろん、優先順位は人質を無事取り戻すことだ。と言って、奉行所の面目がつぶれたままで落着というわけにはいかぬ。失態はつくろうてもらわねばな。一罰《いちばつ》百戒《ひゃっかい》。おぬしの指図で、世間の目を少々驚かせてやれ」

老中の考えに、奉行は疑念を覚えた。亭主を助けるための女房の愚かな行ないに、そこまで厳罰で臨む必要があるだろうか。

今の老中首座は、ご定法や身分のわきまえに殊のほか厳格な方、と評判は奉行に就職する以前から耳にしていた。だとしても武士を相手にするのではない。たかが端女ひとりではないか、と思った。

「ど、どのような罰が、よろしいのでしょうか」

「見せしめだ。わかり易《やす》いのがよかろう。町民どもの度肝《どぎも》を抜く……」

奉行のこめかみを、また汗が伝わった。


一膳飯屋《みかみ》の腰高障子に、朝の薄日が差していた。

その日、羽曳甚九郎は、手先の梅吉と丈太のほかに下っ引を集められるだけ集めさせ、みかみを足場にして、花川戸の隅田川西河岸周辺の路地ごとに配置し、水も漏らさぬ厳戒態勢を整えていた。

その日は河岸場への船の出入りを禁じ、三太郎と奥方さまの交換に万が一の不測の事態が起こらぬように備えている。

また隅田川上流と下流の河岸場に船と手先らを配備し、隅田川のみならず、隅田川とつながる各川筋の警戒にも万全を期した。

お志奈は奥方さまをつれて必ず現れるだろう。

お志奈が三太郎と引きかえに奥方さまをすんなりかえせば、事は簡単だった。

それさえ上手《うま》く運べば、あとは町方の普段の仕事と同じである。

確実に追いつめ、ひっ捕らえればいいだけである。

やっかいなのは、お志奈が警戒して奥方さまをとき放たなかった場合だった。

手荒なことはできない。

天女のごとき麗しき奥方さまを、ほんの小さなかすり疵《きず》ひとつつけることなく、お奉行さまにおかえしするのが、同心・羽曳甚九郎の腕の見せ所、と心得ていた。

疵ひとつつけさせねえぜ。おのれの職務に完璧を目指す。それが一流ってもんさ。

羽曳はそういう男だった。

ただし、奥方さまかどわかしがあってから今日で五日目、住まいの近所や仕事先のお志奈の評判と素行などの訊《き》きこみをしたが、お志奈を悪く言う話はひとつも聞けなかった。

「明るくていい人ですよ。周りに気遣いもできるし。少し思いつめるところがありましたけど、それはご亭主に働きがなくて、ちょっとでも割のいい働き口を求めて苦労していたからなんです」

奉行所の訊きこみの事情を知らないながら、「あの亭主じゃね」「あのろくでなしの亭主が何かやらかしたんだよ」「何があったんです。可哀想《かわいそう》に。また苦労するね」と、みなお志奈に同情する声が殆どだった。

少し思いつめるところに、お志奈の表には見えない気性の一徹さがあるのかもしれない。神田の職人の娘だってな。羽曳は、調べれば調べるほどお志奈の日々の気苦労が見えてきて、だんだん気が重くなった。

たぶんお志奈は、脅しはしても奥方さまを疵つけたりはしないだろう。

そんなことができる女でないことは、明らかだった。

ろくでなしの亭主を本庄の手から助けたいがために自分を見失い、お奉行さまが命じれば無事取り戻せるだろう、とあと先に深い考えもなく奥方さまかどわかしをやらかした。どうせそんなところだ。馬鹿な亭主でも惚《ほ》れた弱みか。

だから、やりきれねえ——と、羽曳は路地のどぶ板に雪駄《せった》の音が鳴るのを聞きながら思っていた。

みかみは、店内改装のため臨時に休業いたします、と隅田川堤に向いた表戸に貼り紙をし、今日も休みである。

表戸の隙間から見渡せる河岸場は、普段は船荷の上げ下ろしをする軽子や船頭、漁師、舟運を使う旅人などで賑《にぎ》わっているが、今日は人通りもない。

河岸場より堤へ上がったところのお休み処の掛茶屋が、葭簀《よしず》を丸め長腰かけをつみ上げてひっそりとしていた。

だが河岸場より下流に架かる吾妻橋には、青空の下を変わらずに人が渡っている。

みかみの店土間には手先の梅吉、丈太、できる限り集めさせた手下らがみな支度を整え待機し、ややこわばった顔つきで羽曳の指図を待っている。

奥の調理場では、亭主の吉竹と女房のお富が、朝からずっとつめていたり入れ代わり立ち代わり出入りする手下らのために、忙しく茶の支度をしていた。

路地の雪駄の音がだんだん近づいてくる。

羽曳は店土間へふりかえり、張りつめた手下らへ暢気《のんき》に話しかけた。

「みんな、そう張りつめてちゃあくたびれるぜ。昼までにはまだ間がある。梅吉、河岸場を交代で見張らせ、あとは気楽にいこうじゃねえか」

張りつめた気配が少しやわらぎ、手下らの間で笑い声がもれた。

そのとき、調理場の勝手口の戸が開く音がした。

勝手口は路地側にあって、雪駄の音が無遠慮に入ってきた。

調理場と店土間の仕きりの暖簾《のれん》を、小泉が払った。

「よお、支度は整っているかい」

小泉は下瞼《まぶた》の少しはれぼったい青白い顔に、いやみったらしい笑みを見せた。

小泉の後ろには、背の低い猿顔の手先がついていた。

羽曳は薄笑いをかえし、「おお、まあな」と愛想もなく言った。

腰の刀をはずした小泉は、黒羽織の裾を払って店土間の樽《たる》の腰かけにかけた。

猿顔の小柄な手先は坐《すわ》らず、小泉の傍らに立った。

「亭主、茶をくれ」

調理場へ声をかけた。

「おい、やめろ。客じゃねえんだ。御用で無理に店を休ませてるんだ」

「いいじゃねえか。御用なら御用がすんだら奉行所から礼金が出るんだろう。なあ、おかみさん。損はかけねえぜ」

小泉は茶を運んできたお富を下から睨《にら》み上げた。

お富は「へえ」と、腰をかがめたなり、すぐに調理場へ戻った。

「そっちの段取りは、大丈夫なんだろうな」

羽曳が不機嫌になるのをおさえて確かめた。

「任せろ。抜かりはねえよ。昼九ツちょうどに、船が河岸場に着くように話はつけてあるし、三太郎はちゃんと生きてる。あんたも人数を揃《そろ》えたじゃねえか。これだけ集めりゃあ大丈夫だな」

小泉は店土間に待機している手先や手下らを見廻《まわ》して言った。

「ところで、羽曳、ここへくる途中、ちょいと面白い物を見つけたぜ。これだ」

と、懐から半紙二枚を重ねた四枚立ての読売をとり出した。

いきなり、《白昼堂々奥方さまかどわかし　南御番所大失態》と、読売の表題が読めたから羽曳は驚いた。

くそ、やりやがったな。

羽曳は心の中で叫んだが、知らぬふうを装った。

樽の腰かけに腰を下ろし、黙って刷り物を読み進めた。

刷り物は、嘘《うそ》かまことかこんな噂話がある、という流行唄調になっていた。

五日前、南町奉行所において白昼堂々お奉行さまの奥方さまがかどわかされた。その手口は……かどわかしの狙いは……しかもそれがなんと奉行所雇いの端女の仕業で……と、まるでその場にい合わせたかのように書いてある。そうして、
奥方さまは天女も恥じらう江戸一番の美女であられ、お奉行さまのご心痛なのめならず、三度の飯も喉を通らぬありさま。ああ、心配で心配でならぬ

で候……

などと埒《らち》もないが、かどわかしの経緯は奉行所の誰かがもらしたか、あるいは女髪結のお八重から聞き出したか、概《おおむ》ねはその通りだった。

ただ、名前はみな伏せてあり、かどわかしの狙いはお奉行所への恨みか金か、とわざとらしく曖昧《あいまい》にしてあった。

羽曳は「ふうん、それで？」と、にたにた笑いの小泉の前へ読売を投げた。

「いやさ。そういうことかと、ようやく腑《ふ》に落ちたぜ。奉行所内でもここんとこ、妙な噂が流れていたが、なかなか真相がつかめずはっきりしなかった。そいつがよ、やっぱりなって具合だったぜ」

小泉が肩をゆらして含み笑いをこぼした。

「当然あんたは承知してたわな。そうならそうと初めから言ってくれりゃあ、おれもいろいろ手を貸してやれたんだぜ。水臭えじゃねえか。このかどわかしの端女はお志奈だな。亭主は三太郎ときた。三太郎は安佐野家の寮の客の懐を狙って追剝ぎを働いて、それがばれて寮へつれこまれた。亭主が殺されるかもしれない。お志奈のかどわかしの狙いは亭主の命を救うことだ」

そしてなおも続けた。

「おれはあんたに三太郎を女房にかえしてやれと言われて、事情がわからないいま今日、この河岸場につれてくる段取りになった。人質の奥方さまと三太郎の交換が行なわれる筋書きだったわけだ。道理でよ、くっくっく……」

読売は馬喰町の《吉田屋》という地本問屋から売り出されていた。蔵前・天王町の《栗田屋》の金八がやったのではなかったが、金八がどっかでかんでいやがるんじゃねえか、と羽曳は疑った。

「知ってるかい。この読売を売り出した吉田屋の主人はな、安佐野家の寮の賭場の戻りに言問いの渡しで三太郎に懐を狙われた当の男なんだぜ。三太郎の仕業はすぐにばれて、奪われた金は戻ってくるし、今度はこの一件で読売が評判になってめえの読売屋は大儲《もう》けときた。三太郎は生きるか死ぬかの瀬戸際だ。ついてねえ野郎はどこまでもついてねえし、悪運の強え野郎はどこまでも悪運がついて廻りやがる」

まったく神さまは不公平だね——と、小泉は皮肉たっぷりに言った。

「小泉、おめえがそう言うんならそれで結構だ。ここにいる誰もがおめえの言う事を聞いた。おめえも聞いたな」

と、羽曳は小泉の手先を指差した。

手先は、へ、へえ、と戸惑いがちに頷《うなず》いた。

「だが、おれはひと言もそうだって言ってねえからな。間違えんなよ。本当のことを確かめたきゃあ、おめえ、お奉行さまのところにいって直《じか》に聞いてきな。真相はこうなんでやしょうってな。ついでに忠告しといてやるが……」

羽曳は長卓へ肘をつき、上体を前のめりにした。

「おめえがこの一件にちょこちょこと要らざる詮索を入れて、どなたかの大事なお方さまに疵でもつける事態になっちゃあ、たぶん、ただじゃあすまねえと思うぜ。おれは臆病な男でよ。そういうのが苦手なんだ。だから喋《しゃべ》っちゃならねえと言われたことは、嘘だろうと本当だろうと喋らねえ。おめえみたいにはよ。おめえはおめえの喋ったこと、やったことの責任はとるんだぜ。大人なんだからさ」

小泉は渋面《じゅうめん》を作った。茶をずるっとすすった。

羽曳は続けた。

「それとこれもついでに言っとくぜ。おめえ、ずいぶん顔が広いんだってな。さぞかしみんな、お歴々《れきれき》ばかりなんだろう。まさか、中に人斬りなんぞやるような物騒な野郎がまじってはいまいな。二、三日前、隅田《すだ》村の民吉ってえ百姓が斬られて、斬殺体が大川に浮いてた。誰が殺《や》ったか、ただ今探索中だ。当然、知っているな」

「知ってらあ」

「ところで民吉は、安佐野家の寮で夜な夜な開帳している賭場の客を送る船頭を内職でやっていた。言問いの渡しからの帰り船だ。そいつが斬られた。妙なことになってきたじゃねえか」

「何が言いてえ」

「子供のころ親父《おやじ》が言ってた。友だちと善い行ないをするのはいいし、悪さをするのもかまわねえが、どっちもほどほどにしろってな。つまりだ、ほどほどの友だちを選べよ、ってえことさ」

今度は羽曳が含み笑いをする番だった。しかし、

「まったく羽曳らしいぜ。けつの穴の小せえ人生訓が笑わせてくれるじゃねえか」

と、小泉は憎まれ口では負けていなかった。

乱暴においた茶碗から茶がこぼれた。

「まあ、上手くたち廻りな。お手並み拝見だ。おう、いくぜ」

小泉は手先を促し、がたがた、と樽の腰かけを鳴らした。

二

小泉と手先が《みかみ》の勝手口から路地へ出たとき、可一と手習所の高杉哲太郎が路地奥の角を人情小路の方角へ折れたところだった。

可一は高杉先生の後ろに従い、路地のどぶ板に下駄を鳴らしていた。

「先生、お勉強中にやっかいなお願いをして、すみません」

淡い藍の袷《あわせ》を着た高杉先生の、幅のある背中に言った。

濃紺の小倉袴《こくらばかま》の腰に二刀を帯びている。

「やっかいなお願いなものか。今日は町方の指図で手習所も休みにした。することがないので朝からずっと本を読んで、飽きていたところだ。いい気晴らしができる」

高杉先生は磊落《らいらく》に笑った。

「恐そうな顔をしたお侍が、沢山《たくさん》見張っています。ひょっとしたら、むつかしいことになるかもしれません」

「むつかしいことでも、慌てず騒がず対応すればなんとかなるものだよ、可一さん。それにむつかしければむつかしいほど、上手くできたときは達成感がある し、その達成感が人を成長させる。手習所で子供らを見ていて、つくづくそう思うよ」

先生は妙な理屈をこねて動じない。

昨日、お志奈が自身番へこっそり訪ねてきたあと、お志奈の両親の位牌をとりに稲吉店へいったが、人相の険しい侍らが路地に屯《たむろ》しており、おっかなくて近づけなかった。

今朝もいったが、昨日と同じだった。

今日の昼までにいかなければ、お志奈との約束が果たせない。

可一は高杉先生に事情を話した。

事情を聞くと先生は、ふうむ、とうなり、それから軽々と言った。

「よし。その話、お志奈のためだ。わたしも一緒にいこう」

と、刀架の二本をきゅっきゅっと腰に差した。

先生が一緒なら心強い。先生は子供たちに優しくて人気があり、見た目は剣の腕は強そうではないけれど、度胸があるし頭もいいから、なんとかなりそうな気がした。

でも相手は安佐野家の寮の用心棒と思われる。物騒だな、という不安もあった。

「可一さん、お志奈はどこへ、なぜ旅だつのだと思う。お志奈は何をやったのだ」

先生が歩きながら訊いた。

「わたしにも定かにはわからないのです。お志奈は訊かないでくれって言うばかりですし。けど、みかみからお役人たちが河岸場を見張っているのは、お志奈が三太郎と旅だつことと、間違いなくなんらかの因縁があると思われます。もしかして、お志奈はお役人に罪を問われるような事を、したのかもしれません」

「そうだな。ここ数日の町内の様子はただ事ではないな」

「今朝、自身番で聞いたんです。日本橋の方で読売が売り出され、それによると、五日ほど前、南町奉行所の奥向きに奉公していた端女がお奉行さまの奥方さまをかどわかしたそうなんです。かどわかしの狙いがなんなのか、それは定かには書かれていなかったそうですが、端女がひとりでやったらしいんです。お志奈は南町の奥向きの端女に雇われていました。お志奈のことじゃなければいいんだけど……」

先生の背中が黙っていた。

路地を二つ曲がって、人情小路へ出た。

何があったわけでもないが、界隈《かいわい》を不穏な気配が覆い、通りに人影は見えなかった。

子供らの遊ぶ姿もなく、野良犬が一匹、道の向こうをうろついている。

「昨日お志奈は、とても恐いのを懸命に我慢している様子でした」

可一は先生の背中へ言った。

「三太郎は安佐野家の寮につれこまれているのだな」

先生がちらと後ろへ向き、聞きかえした。

「そうとしか考えられません。三太郎が本庄という安佐野家の侍に殺されそうだから、三太郎を助けるために大変なことをしてしまった、と言ったんです。大変なことってやっぱり……」

「奥方さまをかどわかして、無事かえしてほしくばお奉行さまの威光で三太郎を本庄から救い出せと、脅したのか。だが、それではお志奈の死罪はまぬがれ得ぬ。三太郎を安佐野家から救い出せても、二人して江戸より逃げるしかあるまい」

「お志奈は、自分が馬鹿だからそれしか思いつかなくてって、可哀想なくらいに必死でした。お志奈ひとりが、悪いんじゃないんだけどな」

「ああ、お志奈ひとりが悪いのではない。わたしもそう思うよ、可一さん」

先生が言った。

可一は高杉先生の後ろから、表店の間の路地へ入っていった。

日が射さず薄暗い路地の先に稲吉店の木戸があり、木戸の側《そば》に数人の男らの姿が目に留まった。

男らは五人。みな月代《さかやき》ののびた浪人風体《ふうてい》で、二刀を帯びていた。

「先生、あれです」

高杉先生は「ふむ」と、変わらぬのどかな歩調で路地を進んでいった。

男らの中に幾ぶん小柄ながら、部厚い身体《からだ》つきの侍がまじっていた。

侍は肩や首筋をほぐすように、しきりにゆすっていた。

木戸の入り口までいくと、男らは険しい顔つきで睨みつつも道を開けた。

路地のどぶ板を鳴らし、奥から三軒目の店の前までいった。

表の障子戸は板戸も閉まっていなかった。

木戸の入り口に屯している男らが、可一と高杉先生の様子をうかがっている。

「先生、ここで待っていてください。位牌をとってきます」

「ああ、わたしはここで見張っている」

可一はなぜか、恐る恐る腰高障子を開けた。

店の中は薄暗く、埃《ほこり》っぽかった。

荷造りの途中、慌てて部屋を出たみたいに荷物が散らかっていた。

位牌は小簞笥《こだんす》の上にすぐ見つかった。

二つの位牌を手にとったとき、ふと思いついて、財布の有り金を腰の手拭に包み位牌に重ねた。

それを一緒に風呂敷にぎゅっと包んで、急いで背中へくくりつけた。


「待て」

四人の男らが、高杉哲太郎と可一の行く手を木戸口で遮《さえぎ》り、やや小柄なごつい身体の男は四人の後ろにいた。ひとり渋茶の羽織を着ていて、五人の中では頭《かしら》だった侍に見えた。眉間にわずかな皺を浮かべ、高杉をぼうっと見ている。

「何かご用か」

五尺八寸はある高杉が、行く手をふさぐ四人を見下ろし気味に言った。

「三太郎とお志奈の店から何か持ち出しただろう。持ち出した物を見せろ」

背の高い険しい顔つきの男がどすを利かせた。

「おぬしら、お志奈がどこにいるのか知っているな」

隣のこれはかすれた声の男が言った。

「あんたらにかかわりのないことだ。どいてくれ」

高杉は落ち着いていた。

「おまえら、お志奈に頼まれてなんぞとりにきたのだろう。お志奈のいどころはどこだ。お志奈は今どこにいる。それとも、痛い目にあわぬと話せぬか。ははん」

「お志奈になんの用がある」

「それこそおぬしの知ったことではあるまい。手間をとらせるな」

かすれ声が語調を高めた。

四人はすでに刀の鯉口《こいぐち》をきっていて、即座に抜刀できる構えをとっていた。

だらしなく着た着物の前襟がはだけ、腹に巻いた晒《さらし》が見えた。

ただ四人の後ろに控えた侍だけはだらりと佇《たたず》んでいて、笑っているみたいな顔つきを高杉に向けていた。殺気の見えない笑い顔が、かえって不気味だった。

「道を開けよ。おぬしらと面倒を起こす気はない」

「だからよぉ、おまえよぉ、えらそうに二本差しやがってよぉ」

背の高い男が、急に上州訛《なまり》の粗暴な物言いになって凄《すご》んだ。

正面から無雑作《むぞうさ》に、高杉へ抜き打ちに浴びせかかろうとした。

途端《とたん》、抜刀半ばで男の顎がえぐれて、それから骨の軋《きし》む音が聞こえた。

男が仰向《あおむ》けに倒れていくのを両脇の二人が腕を支えた。

だが、男はぐにゃりと首を後ろへ落とした。

あまりの速さに高杉がどう動いたのか見えなかった。

叫び声もなかった。

即座に高杉は、右の男が倒れる男を放し、柄《つか》にかけた手首をつかんでいた。

そして、倒れる男に一瞬気をとられた左手のかすれ声の頰へ、左の手の甲を鞭《むち》のように撓《しな》らせた。

鈍い音が鳴り、顔が歪《ゆが》んで歯が吹きこぼれた。

かすれ声は抜刀する間もなく塀際へ凭《もた》れこみ、つぶれるように横転した。

同時に、柄をにぎった男の手首を激しくねじり上げていた。

腕がごきりと折れ、男の悲鳴があがった。

そのとき、もうひとりが抜刀とともに上段から高杉へ打ち落とした。技も正確さもなく、力任せにふり廻すやくざの喧嘩《けんか》剣法だった。力が入りすぎて、速さも足りない。

高杉は易々《やすやす》と相手の打ち落としに身体を添わせ、刀身を泳がせた。泳がせながら、男の膝頭へ長い足でしたたかな前蹴りを浴びせた。

突進を阻《はば》まれた男は、苦痛に顔を歪めて足を後ろへすべらせる。だが突進の勢いで身体は前のめりによろめいていた。

すかさず首筋へ左手の手刀《しゅとう》を見まった。

「があ……」

男が首を折った。そしてはじけ飛んでいく。

刹那《せつな》、一転して高杉はねじり上げた片方の男の手首を放し、両膝をしなやかに折りながら、ゆるぎのない抜刀の態勢に入っている。

「あぶないっ」

可一が叫んだのと、はじけ飛んだ男が木戸格子へぶつかってどすを木戸へ突き刺し、手首を放された男が、腕を折ったままの恰好《かっこう》で倒れていくのが同時だった。
しかしその瞬間、高杉は刀の鯉口をきったばかりだった。
ぶうん、とうなりを生じて村井山十郎の抜き打ちが襲いかかった。
高杉の刀は未《いま》だ鞘《さや》の中である。
明らかに高杉は遅れた。
「だあっ」
と、村井の白刃が袈裟《けさ》に斬り下げたとき、高杉はまだ抜刀半ばだった。
瞬間、二つの鋼《はがね》が叫び合い咬み合った。
二つの肉体が衝突し、くだけ散る直前だった。
ときが凍りついたかのように高杉と村井の動きが停止した。
高杉の抜刀半ばの刃《やいば》が、村井の撃刃《げきじん》をぎりぎりの間《ま》を残し受け止めていた。
切っ先は高杉の総髪に紙一重の間で、動きを封じられていた。
火花の散る攻撃をかろうじてしのいだと、可一の目には見えた。
村井が獰猛《どうもう》な顔をゆがめた。
「やるな。だが、どこまで持つかな」
と、笑った。

すかさず、けれども余裕を持って後退を図った。

村井は抜刀とともに浴びせた最初の袈裟懸で、身体がのびていた。

ここは一旦退き、間を作る。

のびた身体に力を溜《た》め直し次に必殺の一撃を浴びせると、そう読めた。

しかし、村井は己の腕を過信し、高杉の技量を見くびっていた。

後退を図った一瞬、村井は高杉の意想外《いそうがい》の動きに戸惑わされた。

高杉は村井の後退に合わせて体勢を、ずず、と進め、村井が図った間を作らせなかったのだ。

な、なんだ、と戸惑いが余裕を奪い、やむを得ず村井は後退を続けた。

だだだだ……と、路地に両者の足音がもつれ合った。

路地の外へと村井が退き、高杉が追う展開になった。

地響きがとどろいた。

肉迫した二人の身体が、抜刀半ばの刃と村井の刀を咬み合わせたまま二匹の獣のように薄暗い路地を突進し、たちまち午前の日が白々とした人情小路へ飛び出した。

通りまで押し出された恰好の村井は、撫《な》で斬る、覚悟、と踏み止《とど》まった。退き

足に力をこめ踏ん張り、

「それだけかっ」

と、上州訛で喚《わめ》いた。

ところが、膝をしなやかに折った体勢に余力を溜めた高杉の勢いに、村井は抗し得なかった。

踏ん張ったが、ずるるっ、と足がすべった。

途端、高杉が抜き放った刀が村井の刀を、しゃあん、とはね上げた。

高らかにはね上げる勢いが、部厚い身体ごと浮き上がらせた。

村井の四肢が空を掻《か》き、浮き上がった体勢をたて直す間はなかった。

高杉の上段からの一閃《いっせん》が、村井の右肘《ひじ》を斬り裂いた。

村井は身体を折り、右肘をかばった。

骨が砕かれた。おさえた指の間から、ぴゅう……と血が音をたてて噴《ふ》いた。

村井は足をもつれさせ、刀を落とした。

それから襲いかかる激痛に、堪《たま》らず横転した。

「あっつっつ」

と、のた打った。

村井の周りに、血が見る見る広がっていく。

「あ、あだぁぁ」

と、村井は喚き始めた。

通りの表店の住人らは、物音と喚き声に驚いて顔を出し、突如始まった斬り合いの顛末《てんまつ》を呆然《ぼうぜん》と見つめているばかりだった。

「高杉先生っ、ご無事ですか」

高杉を追っていた可一が、のた打つ村井にたじろぎつつも高杉へ駆け寄った。

「ふむ。可一さんも怪我《けが》はないか」

「大丈夫です」

「ほかのやつらは」

「ほかのは……」

言いかけたところへ、二人が駆け出てきた。

二人は高杉へ身がまえたが、ためらい、動かなかった。

「これ以上はむだだ。刀をしまえ」

高杉は刀を男らへ突きつけ、刀の血糊《ちのり》をひとふりした。

「この男をつれて帰り、疵の手当てをしてやれ。放っておくとあぶない」

男らは顔を見合わせ、恐る恐る村井の泣き喚く側にかがみこんだ。

そのとき、路地から残りの二人が顔や首筋をおさえ腕を庇《かば》い、よろめきつつ、ぞろぞろと、通りへ姿を現した。

男らは高杉へ怯《おび》えた一瞥《いちべつ》を投げただけで、村井の様子にはいっさいかまわず、逃げるように遠ざかっていく。

それを見た村井の傍らの男らも「ま、待ってくれえ……」と、村井を捨ててたちまち走り去った。

三

お志奈は可哀想なくらいに気を張りつめさせ、青ざめていた。

肩を小刻みに震わせ、菅笠《すげがさ》の紐《ひも》が上手く結べなかった。

やっと二十歳の女が奉行所相手にのるかそるかの勝負に挑んでいるのだから、無理もなかった。

瑞江は「しっかりしなさい」と励ましてやりたかったが、お志奈にかどわかされている身の自分が言うのも変なので黙っていた。

二人は菅笠に杖《つえ》を手にした旅装束に拵《こしら》え、土間に立った。

「い、いくよ」

お志奈の言葉に、瑞江は頷いた。

「あんたが、ささ、先においき。後ろから見張っているから、へ、変な気を起こすんじゃないよ」

「わかっているわよ」

瑞江はお志奈のこわばりをほぐすように、優しく言った。

お浜の店《たな》を出て路地をいくとき、長屋の井戸端で洗濯をしている四人のおかみさんたちが、お喋りを止めて二人を見守った。

先を歩む瑞江が菅笠の縁《ふち》を少し上げ、おかみさんたちへ愛想笑いを投げた。

おかみさんたちは、へへえ、と頭を下げたあと、

「あの女《ひと》、お奉行さまの奥方さまだって聞いたけど、本当かね」

「まさか、奥方さまがこんなとこへくるわけがないじゃない」

「でも昨日、新堀川で斬り合いがあっただろう。あのとき、片方の女がそう言ってたらしいよ。南町のお奉行さまの……だって」

などと言い合った。

銀三郎店の木戸を出て、坂本町の通りを東へ折れる。

昨日、小田切常敏が斬られた新堀川に架かる欄干もない板橋へ差しかかると、橋の側の明地《あきち》で子供らが昨日の斬り合いの真似《まね》をして遊んでいた。

新堀川を越え東本願寺の裏の北寺町《きたてら》から、上空を飛ぶ数羽の烏《からす》が見えた。

北寺町をすぎて人通りの多い西広小路をさけ、田原町三丁目の路地をたどった。ここら辺は浅草紙をすきかえしている紙屋が多い町である。

伝法院《でんぽういん》の裏門から境内へ入り表門から出て、道の両側に中店《なかみせ》が軒《のき》をつらねる浅草寺境内の参道をとった。

中店のまっすぐ南が風神雷神門、北に仁王門、その東方に五重塔がそびえている。

「賑《にぎ》やかねえ」

菓子所、土産物屋、薬屋、数珠《じゆず》屋、呼びこみの声が聞こえる茶屋、楊枝店《ようじみせ》、料理屋、と軒をつらねる中店をいきながら、瑞江が感心して言った。

ふと、雷門の外の広小路の方から群衆の騒ぎ声が聞こえてきた。

人々のどよめきが絶えずとどろき、動きが目まぐるしかった。

「どうしたんだろう」

お志奈が不安そうにふりかえった。

二人は参道の道端に人通りをさけ、広小路の騒ぎを眺めた。

お志奈は懸命に強がっているものの、ささいな異変にも動揺が隠せなかった。

背のびをして雷門の騒ぎをしきりに気にした。

やがて、五、六人の男らの一団が「やれやれ、迷惑な話だぜ」と言い合いながら参道を通りかかった。

「もし、そこの方、あちらが騒がしいのは何があったのですか」

瑞江が男らの一団にいきなり話しかけた。

男らは旅姿の美しい瑞江にいきなり話しかけられ、おっ、という顔つきになった。

菅笠の縁を持ち上げ、瑞江は微笑《ほほえ》んでいる。ひとりの男が顔をゆるませ、

「へえ。御番所が今しがた急に、大川橋を渡っちゃならねえとお触れを出し、橋の手前で広小路をふさいだんでやす」

と言った。

「まあ、大川橋が渡れないのですか?」

瑞江は言いながら、お志奈へふり向いた。

「なんでなんです？」

　お志奈が身を乗り出した。

「なんでかはわからねえが、大川橋だけじゃなく、花川戸の河岸場へも朝から人が入れねえらしく、河岸場には船も泊まってねえそうだ。どなたか偉いお方さまがお見えにでもなるのかね。とにかく、今日はそこら中に町方がうようよしているぜ」

　と、別の男が応えた。

「みなさんは、これからどちらへ？」

「おれたちかい？　おれたちは向島の三囲稲荷《みめぐりいなり》へちょいとお詣《まい》りにいくつもりだったのが、大川橋が渡れねえんじゃ仕方がねえから聖天町裏の竹屋《たけや》の渡しからいくつもりさ。姐《ねえ》さん方も旅の様子らしいが、花川戸の舟運《しゆううん》は今日は使えねえぜ」

「あらあ、船が使えませぬか」

「へえさようで。使えませぬでござりまする。あはは……」

　と、男らは瑞江をからかい、わいわい言いながらたち去った。

「このままいくの」

瑞江は考え事をしているお志奈に話しかけた。

「いくしかないじゃないか」

お志奈は歯を食い縛った。

心が張りつめたお志奈の様子は、つらそうだった。

瑞江は先にたって、浅草寺境内の南馬道町《みなみうまみち》をとった。

この町地は五重塔や銭瓶弁天《ぜにかめべんてん》の外側に茶屋をつらねていた。

即席料理の店も多く、道々いい匂いが漂ってくる。

「お待ち。ときがまだあるから、休んでいこう」

お志奈が葭簀を廻《めぐ》らした掛茶屋の前で言った。

まだ朝四ツごろの刻限だった。

昼九ツ時の鐘が鳴らされるまで待つのに、町方がうようよしているらしい花川戸よりここで待つ方がましだろうと、お志奈は考えたらしかった。

掛茶屋はすいていた。

二人は葭簀の陰の長腰かけに並んで腰を下ろし、赤い前垂れ襷《たすき》の女に茶を頼んだ。

陽気な朝だったが、日陰は初冬の肌寒さが感じられた。

「餅を頼むかい」

お志奈が瑞江に言った。瑞江は薄化粧にすっと紅を刷《は》いた口元をほころばせ、

「今日はいいわ」

と応えた。

「いいんだよ。あたしのことなんか気にせず、食べなよ。この店の軽焼《かるやき》は餅が堅《かた》くしまって美味《おい》しいんだよ」

お志奈が怒ったような口調で言った。お志奈はそのつもりはないのだろうが、顔つきが朝よりも恐くなっていた。

それでもやっぱり美味しそうな匂いに負けて、瑞江は軽焼を頼んだ。

「これもお食べ」

と、お志奈はまた自分の軽焼を瑞江にすすめた。

お志奈にかどわかされてからこの数日、お志奈は気が張って食がすすまず、瑞江がお志奈の分も食べてばかりいるので、少し肥《こ》えたかもしれなかった。

瑞江はお志奈の分を食べ始めた。

お志奈は身体をこわばらせ、うな垂れて考え事に耽《ふけ》っていた。

膝の上の手甲《てっこう》を巻いた手の白い指先が、せわしなく小刻みに動いていた。

「お志奈、お茶を飲んで気を落ちつけなさい」

瑞江に言われ、お志奈はこわばった顔をそむけた。

けれども茶碗をとって、唇をつけた。

茶碗を持つ手が震えていた。

「お志奈、わたしをこのまま逃がしてくれない」

瑞江の言葉にお志奈が、きっ、と茶碗から顔をあげた。

「わたし、急いで奉行所へ帰って、主人に頼んでみるわ。お志奈のご亭主の三太郎さんの命を救うことと、あなたの罰をうんと軽くして、あなた方夫婦が後々まで変わらずに暮らせるようにって」

「そんなことできないよ。今さら……」

お志奈の反発の声が小さくなった。

「でも、あなたのやり方が本当に上手くいくと思っているの。奉行所の役人にとり囲まれた中を、お志奈と三太郎さんが上手く逃げられると思っているの。奉行所がそれをみすみす許すと思っているの」

「上手く、いくさ」

お志奈はか細い声で言った。

そのときが近づくにつれ、不安や恐れが募《つの》るのは無理からぬことだった。

「どっちがあなたとご亭主のためになるか、考えてみて。わたしを人質にしてどこまで逃げられると、思っているの」

「三太郎さんをかえしてくれれば、あんたをかえすよ。それが約束だもの」

「わたしをかえせば、あなたは捕まるわよ」

「だってあんたをかえし、あたしたちを見逃すっていうのが約束だもの。お奉行さまだって武士なんだから、武士に二言《にごん》はないんでしょう」

瑞江の気持ちが少し乱れた。

「お志奈のやり方をこのまますすめるより、その方がよくない。たぶん、巧《うま》く運ぶと思うの。いいえ、間違いなく上手くいかせるわ」

お志奈は応えなかった。

心細そうにうな垂れていた。可哀想になって溜息が出た。

そのとき、葭簀の前の道を黒羽織の町方同心が、鉢巻・襷に六尺棒を抱えた中間四人を従え通りすぎた。

竈《かまど》の側の茶屋の亭主と客が話していた。

「なんだか今日は、やけに町方の姿が目だつね。何かあるのかい」

「へえ。今日はえらく警戒が厳しいようで。大川橋も渡るのが先ほど差し止められたとか聞きましたよ」

「そうだってな。身分の高い方のお成りでもあるのかね」

「お成りにしちゃあ、お役人方の拵えが物々しいので、ちょっと違うような気もいたしますね」

「なら捕物《とりもの》かい。物騒な話じゃないか。こんな昼日中《ひるひなか》から……」

「噂ですが、北町か南町のお奉行さまの奥方さまがかどわかしにあったとかで、御番所は今、血眼《ちまなこ》になって行方を追っているそうですね。しかも、奥方さまをかどわかしたのは、奉行所の奥向きに雇われていた端女だとか」

「端女が？　端女が奥方さまをかどわかして一体何が狙いなんだい。端女ごときが何ができるってんだい。何もできやしねえだろう」

「さあ、どうですか。なんぞ裏があるのかもしれません」

「ということは、かどわかされた奥方さまと端女の二人づれを追って、この物々しい警戒ってえことかい」

「女の二人づれですかね」

客と茶屋の亭主が言い交わしながら、それとなく葭簀の側にかけたお志奈と瑞江の方へ視線を流してきた。

「いこう」

お志奈が立ち上がった。

「お代はここにおきますよ」

「へえ、どうも」

二人は顔を知られているわけでもないのに、菅笠を目深にして茶屋を出た。


同じころ、小泉と色の浅黒い猿顔の手先、それに下っ引らしい着流しの三人の男が銀三郎店のどぶ板をけたたましく鳴らした。

小泉は朱房の十手を抜き、右脇に垂らしていた。

どぶ板の音に驚いて、住人のおかみさんや子供らが路地に顔をのぞかせた。

手先が小泉より先にたってお浜の店の前まで駆け、表の板戸をぞんざいに叩いた。

「おう、お浜、いるかい」

粗末な板戸が乱暴に叩かれ、ゆれてはずれそうになる。

「ぶち壊すぞ、お浜」

それを見ていたおかみさんがひとり、腰をかがめて出てきて、小泉らの後ろから、

「お浜さんは今、仕事に出かけていますからいません」

と言った。小泉と手先らがおかみさんへふりかえった。

「仕事先はどこだ」

「堂前の《酒田》さんです」

「堂前の酒田？　女郎屋か」

それは小泉が訊きかえした。

おかみさんがもじもじと頷いた。

「お浜のとこに客がいるだろう。お志奈ってえ女ともうひとり、別嬪《べっぴん》の身分の高そうな女二人だ。別嬪の方は、こんな裏店には似合わねえ……」

手先が板戸を乱暴にはずし、腰高障子を乱暴に開け放って踏みこんだ。三人の手下らが怪しい顔つきを戸口へ集めた。

「その二人なら、ほんの四半刻（約三〇分）前までいましたが、旅拵えで出かけたばかりです」

「旅拵え？」

「旦那、店には誰もおりやせん。綺麗《きれい》に片づけてあり、ひと足遅れたようで」

手先が店から出てきた。

「くそっ」

小泉は口元を歪めた。

「おう、旅拵えで出た二人は、どこへ向かったか聞いてねえか」

「聞いていません。三、四日前にお浜さんとこへ泊りにきて今朝までいた間、わたしたちとは何も話しませんでしたし、お浜さんは昔の知り合いの子たちで、と言うばかりでしたから。ねえ、それだけしか……」

ほかのおかみさんたちも路地に集まり出していた。

ちぇ、と小泉は舌打ちした。

十手で肩を叩き、粗末な裏店を見渡し、

「こんなところに隠れていやがったか。わからねえはずだぜ」

と呟《つぶや》いた。

「おう、おめえら、引き上げだ。手柄をたてて羽曳の野郎に赤っ恥をかかせてやるつもりが、しくじったぜ」

小泉が手先と三人の下っ引に言った。

「旦那、これからどちらへ」

「そろそろ午《うま》の刻だ。花川戸までぶらぶらいけば、ちょうど九ツの鐘が鳴るぜ。この一件の顚末、どんなふうに落着するか、高みの見物にいくのさ」

# 四

一膳飯屋《みかみ》は騒然としていた。

四ツすぎ、南町奉行が直々《じきじき》、みかみに現れたからである。

与力七名、同心十名、そのほか中間小者十数名を従え、萌黄《もえぎ》の羽織に黒袴、金笹の縁取りをし家紋の入った胸当て、黒塗り笠に鞭を手にした中背の体軀《たいく》を、粗末なみかみの土間においた床几《しょうぎ》へ端然とあずけていた。

公用人の内与力・鈴木善兵衛が、

「狭きところですので、名主の住まいへ……」

と言うのを、「物見遊山《ものみゆさん》にきたのではない。ここでいい」と奉行が命じてみかみに陣どったのだった。

狭い店に入りきれない同心や中間小者は、隅田堤からは見えぬように路地に待機しそのときを待っていた。

井戸端隣の物干し場につないである奉行の馬が、とき折りいなないた。

床几にかけた奉行正面の片開き二枚戸の腰高障子が三寸（約九センチ）ほど開き、隙間から葉を落とした隅田川堤端の木々と河岸場がのぞけた。

奉行の両脇と背後を、同じく羽織袴に黒塗り笠の与力がずらりと立ち並び固めていた。与力の中には年番方《ねんばんがた》筆頭の高田伴右衛門ら奉行所上層部の姿があり、奉行自らが与力を率いて捕物を指図するというのは、珍しいことだった。

すなわちその日、花川戸の河岸場において、奉行所の面目をつぶしたこの一件の落着が、通常には珍しい奉行自らの指図によって図られようとしていた。

奉行が率いてきたのはそれらの与力同心、中間小者ばかりではなかった。

ある隊がそれぞれの与力の指揮の下、すでに所定の位置に備え指図を待っていた。

隊の中には、南町奉行の要望により北町奉行所の手勢も出役していた。

異例の備えだった。

高田伴右衛門が、みかみで九ツを待っていた羽曳にいきなり言った。

「ただ今よりお奉行さまが指図なさる。おぬしはお奉行さまに従え」

「はあ？　さようですか」

奥方さまの無事を最優先に考えていた羽曳は、拍子抜けがした。

「段取りを少々変える」

「どのように」

羽曳は口をへの字に折り曲げ、瞼《まぶた》の厚い垂れ目をいっそう垂らした。

そして、別嬪の奥方さまの身を案ずるばかりに不埒《ふらち》にもかどわかした端女へ憎さ百倍ってか、と首を傾《かし》げる一方で、

「こいつは、お奉行さまの一存じゃねえな」

と、そう思えてならなかった。

羽曳は往来が禁じられ人影の消えた大川橋から、釣り船一艘《そう》も浮かんでいない隅田川と対岸の水戸家下屋敷の土塀や日を照りかえす瓦屋根、堤並木の間に見える三囲稲荷社の鳥居、さらに北のぼんやりとかすんだ向島の川縁を眺めやった。

隅田川はゆったりと流れ、白い雲のたなびく冬の青空を紺青《こんじょう》色に映していた。

堤下の水草の間を、茶色いかいつぶりの群れが遊泳し、遠くの河原でいそしぎが、ちぃりぃりぃぃ……と鳴いているのが聞こえた。

羽曳が佇む堤上のあたりから下る花川戸の河岸場の渡し板には、昨日までは係

留してあった舟運の船や軽子や船頭や旅人の賑わいは途絶え、渡し板の杭《くい》を洗う波がひそひそと秘め事をささやくような水音をたてていた。

はるばると広がる大空の下、ゆるやかな川の流れと川向こうの町家、武家屋敷のおりなすのどかな眺めが、羽曳の心をうっとりとさせた。

しかし、たかが端女ひとりによ——と、いい心持ちからわれにかえり呟いた。

「そこまでやるか……」

隣に並んだ梅吉が、「旦那、なんです」と、羽曳に応えた。

丈太は桟橋の渡し板の突端《とったん》に立ち、船がくるのを待っていた。

なんて綺麗な景色だ、と思うほどに憂鬱《ゆううつ》が深くなった。

「お奉行さまが直々のご出馬で自ら采配をおとりになるとすりゃあ、おれたちにいいも悪いもねえのさ」

「へえ、ごもっともで」

羽曳の自嘲のこもった呟きに、梅吉は曖昧にかえした。

「ところでもう、なんどきかな」

梅吉へ見かえり、訊いた。

「へえ、ほどなく昼の九ツになりやしょう」

梅吉が応えた。

羽曳は、眼前の隅田川と川向こうの景色から、背後の花川戸町の佇まいへおもむろに目を移した。

町は静まりかえって人気《ひとけ》が途絶えていた。だがよく見れば通りに綱が張ってあり、大川橋の往来を禁じられた人々が東西の橋詰に群がっていて、何が始まるのかと、声もなく河岸場を見守っているのがわかった。

また、大川へ向いた家の窓々には人影が息をひそめ、板塀の見越しの木に登って河岸場へ目をつけている野次馬の姿もあった。

隠密のはずが噂が噂を呼んで、事はもう表沙汰になっていると言ってよかった。

人の口に戸は立てられない。ならば奉行所の面目をつぶした端女を、見せしめに血祭りに上げてやるというわけか。

「旦那、あれ。自身番の可一とかいう書役ですぜ」

と、梅吉が指差した。

みかみの脇の路地から、下駄を小刻みに鳴らして駆けてくる黒羽織の男が見えた。

可一と高杉は、路地の手習所の角を隅田川の方へ折れた。

路地の先の物干し場には毛並みの美しい馬がつないであり、みかみの勝手口から川端へ出るあたりに同心や中間小者が路地をふさいでいた。

同心は十手を手にし、中間や小者はみな六尺棒を携えていた。

「ずいぶんと役人の数が増えたな」

「こんなに大勢の役人を揃えて、どうするつもりなんでしょうか。あの立派な馬はまさか、お奉行さまのご出馬じゃないでしょうね」

「それはわからんが、町のそここで妙な臭《にお》いがするぞ」

「臭い？」

「うむ。かすかに焦《こ》げ臭《くさ》い臭いがするのだ。もしかしたら……」

「もしかしたらって？」

ふうむ……と、高杉が珍しく顔をしかめた。

「とにかく、これでは備えが物々しすぎる」

路地をいく可一と高杉を、屯《たむろ》している同心のひとりが手をかざして止めた。

「待て。ここから先はいけぬ。何者だ」

「はい。当町の自身番で書役に雇われております可一と申します。このたびの一件で羽曳甚九郎さまがみかみへご出役《しゅつやく》になられて以来、御用の折りの自身番とみかみの連絡掛を命ぜられております。ただ今は、九ツまでに河岸場へ持っていく物がございまして急ぎまいりました。お通しをお願いいたします」

「羽曳の手伝いか。何を持ってきた？」

「わたしはただの連絡掛でございますので、それは羽曳さまにお訊《たず》ねを願います」

可一は腰を折った。

「羽曳は河岸場にいる。おぬしもいくのか」

と、同心が高杉に向いた。

「わたしは花川戸に居住いたしております高杉哲太郎と申します。大事な物ゆえ書役さんより護衛を頼まれ、これまでやってまいりました。しかしこれより先はお役人方がおられるので、わたしはここまで、ということにいたします」

「先生、お世話をおかけいたしました。あとはひとりでいきます」

「わたしはここにいる。用があったら大声で呼んでくれ」

可一と高杉は目配《めくば》せを交わした。

同心は訝《いぶか》りながらも、可一に道を開けた。

「では急げ。そろそろ九ツになる。おまえがいては邪魔になるから、用をすませてさっさと戻ってこい」

畏れ入ります、畏れ入ります……

可一は小腰をかがめて役人の間を抜け、隅田堤に出た。

掛茶屋の小屋が今日は葭簀を丸め長腰かけをつみ上げてひっそりとし、羽曳の黒羽織と手先の梅吉の後ろ姿が小屋の先の堤に佇んでいた。

可一は小走りに駆けた。

梅吉がふりかえり、続いて羽曳が黒羽織をひるがえした。

堤からは河岸場にも大川橋にも川面《かわも》にも向島にも、人と船影はなかった。

こんなに美しい景色なのに、なぜか不気味なくらいに物静かなこんな隅田川を見るのは初めてだった。

何があってもお志奈に届けてやらねば、と可一は怯《ひる》みをふり払った。

羽曳と梅吉の前へ駆け寄り、可一は息をはずませた。

「なんだ、てめえ」

梅吉が咎《とが》める口調で言った。

羽曳の一重の垂れ目が物憂げだった。

「あ、あの……」

可一は羽曳と梅吉へ、繰りかえし腰を折った。

「羽曳さまにお願いがあってまいりました。今日、この河岸場でお志奈に渡す物がございます。間もなく九ツ。お志奈が現れると思われます。本人がここでと申しております。これをお志奈に、渡してやりたいのです」

可一は背中にくくりつけた風呂敷包みをはずし、「これです」と両手で提げた。

羽曳は朱房のついた十手をだらりと下げて、着流した白衣《びゃくえ》の前身ごろのあたりを、軽くゆっくりと打っていた。

唇をへの字に結び、剃《そ》り残しの髭《ひげ》を探るように顎《あご》を指先で撫でた。そして、

「中身はなんだ」

と、興味もなさそうに訊いた。

「お志奈の、両親の位牌です。お志奈は十年前、火事で職人の父親を亡くし、おっ母さんと二人暮らしだったのが、流行病でおっ母さんも亡くして、ずっとひとりぼっちだったんです。両親の位牌です。これを渡してやりたいんです」

「見せろ」

可一は屈んで、膝の上で風呂敷包みをとき、それをまた両手で提げて見せた。

「これは金か」

二つの位牌と一緒にした白い小さな包みを、羽曳が手にとった。

「旅に出ると、言っておりましたので、餞別《せんべつ》にと思い」

可一は羽曳に睨まれ、首をすくめた。

「馬鹿野郎。今はそれどころじゃねえんだぞ」

梅吉の顔つきは恐かったが、羽曳の意向をうかがうように口調をおさえた。

「お志奈に頼まれたのか」

「はい、昨日……」

「てめえ、お志奈が何をやったか、知っていやがるな」

梅吉が顔をしかめて質《ただ》した。

「噂は聞いていますが真相は知りません。お志奈も何も言いませんでしたし」

「おめえも聞かなかったんだな」

可一は頷いた。

「いいか、お志奈はな……」

「いい。ここまでくりゃもう同じだ。おめえがお志奈に渡してやりな」

羽曳は梅吉を遮《さえぎ》り、包みを位牌の上に、ことん、と捨てた。

「ついでだ。おめえも自身番の書役だ。手伝え。これからここで何が起こるか、事の顚末を見ていけ」

羽曳は十手で前身ごろを打ちながら、可一に背中を向けた。

そのとき、河岸場の桟橋の突端にいた丈太が、堤の羽曳へふりかえり、

「船が見えやしたあっ」

と、隅田川の上流へ指差し叫んだ。

見ると、紺青の隅田川の上流彼方《かなた》に屋根船が下ってくるのが小さく見えた。

二挺《にちょう》だてだったが、頰かむりの船頭が艫《とも》にひとりだった。

日覆《ひおおい》の屋根は障子がたててあり、中が見えなかった。

可一は慌てて位牌と金を包み直し、小脇に抱えた。

折りしも、浅草寺の時の鐘が九ツを打ち始めた。捨て鐘が三つ鳴り、それから時を打つのだ。

見上げる隅田川の空に、時の鐘が荘厳に響き渡っていった。

「旦那、きやした」

梅吉が言う前に、羽曳はすでにその方角を見つめていた。

可一は人情小路より隅田堤に出るあたりへふりかえった。

菅笠に旅姿の二人の女が、青空の下を堤の並木に沿って、河岸場の方へと歩んでくるのが見えた。

二人は伏し目がちに菅笠をやや落としていたが、澱《よど》みない足どりだった。前にひとり、そして後ろにお志奈の、小柄などこか痛々しくさえある姿を可一は認めた。

五

九ツを報《しら》せる鐘が、隅田堤に響き渡っていった。

瑞江を前にお志奈が続いた。

瑞江は周辺のそこかしこからそそがれる眼差《まなざ》しを、堤の前方に佇む数個の人影をのぞけば人っ子ひとり見えない堤道をゆきながら、ひりひりと感じていた。

町中の抜け道を抜けてきて、かすかにきな臭さを嗅いだのも不安にさせられた。

何かがくすぶっている臭いだった。

しかし、隅田堤につらなる家並は息苦しい静けさに包まれていた。

お志奈は何も言わなかった。

頼りなげな足音だけがあとについてくる。

瑞江は隅田川の紺青色の美しい水面《みなも》へ眼差しを移し、今度は舟遊びをしましょう、と無邪気に思った。京の鴨川《かもがわ》を思い出して、胸が熱くなった。

隅田川の上流に屋根船がぽつんと浮かんでいた。船はゆっくりと下ってくる。

「あれを」

瑞江は船を指差した。

「あっ」

お志奈が声をあげた。

それだけで、二人は歩みを止めなかった。

ちぃりぃりぃい……

川のどこかで鳥の鳴き声が聞こえた。

瑞江とお志奈を待っているのは、黒羽織の同心と町民らしい壮漢と若い男の三人だった。

瑞江は、奉行所の町方役人の顔は殆ど知らなかった。みんな八丁堀の組屋敷に住んでいるらしいけれど、八丁堀ってどこなの、と思っていた。

堤下の河岸場にもうひとり男がいて、瑞江とお志奈を見上げていた。

同心が前に立ち、ごつい身体つきの壮漢と頼りなげに痩せた若い男が同心の斜め後ろに並んでいて、二人は背中を丸めた同心よりも背が高かった。

同心の垂れ目の厚い瞼《まぶた》の奥から見上げる眼差しが、不気味だった。

ただ、同心は手にしていた十手を帯に差し、目を伏せて瑞江へ頭を垂れた。

「奥方さま、お迎えに上がりました。南町奉行所定町廻り・羽曳甚九郎でございます。お怪我など、ございませんか」

後ろの二人が深々と瑞江へ腰を折った。

「ご苦労です。変わりはありません。あなた方だけですか」

「この河岸場にはわれらだけです。この河岸場には……」

同心は頷き、含みのある言い方をした。それから、

「おまえがお志奈か」

と、瑞江の後ろのお志奈へ言った。

お志奈が「は、はい」と、気圧《けお》されつつも、懸命に応えた。

「約束通り、三太郎はあの船だ。あの船の中だ。かえすぞ」

遠くに見えた小さな屋根船が、いつの間にか櫓《ろ》の軋みが聞こえるほど河岸場近くまで漕《こ》ぎ寄せていた。

「あんた……」

お志奈の小声が船へ呼びかけた。

「約束は守った。奥方さまをおつれするぞ」

瑞江とお志奈を引き離そうとする羽曳を、当の瑞江が「お待ちなさい」と遮った。

「お志奈、まだでしょう。三太郎さんの無事を確かめてからでしょう」

瑞江の意外な対応に、羽曳はにやにや顔をそむけた。

船がゆっくりと桟橋に横づけされた。船縁《ふなべり》の上棚《うわだな》が渡し板にあたって、ごとん、と鈍い音をたてる。

船頭が舳《へさき》の綱を杭につないでいる間に、丈太が屋根船の障子を開け中をのぞき、

「三太郎がおりやす」

と、河岸場から声を張りあげた。

「無事だな。無事なら女房に顔を見せろと言え」

羽曳が言った。

「無理でやす。寝てやす」

「ちぇ、こういうときに暢気《のんき》な野郎だぜ。ならお志奈、河岸場に下りて確かめるぜ」

お志奈が、こくこくと震えて頷いたが、すぐには動けなかった。

「しっかりしなさい、お志奈」

瑞江が声を低めて励ました。

その様子に、なるほどね、と羽曳がわけ知りに頷いた。

戸惑った梅吉が、瑞江と羽曳を見較《みくら》べた。

「お志奈、位牌を持ってきたよ」

可一がお志奈の側へ駆け寄った。

「ありがとう、可一にいさん」

風呂敷包みを手渡すと、菅笠の下のお志奈は童女のように顔を歪め涙をこぼした。

「達者でな」

お志奈は顔を伏せ、風呂敷包みで涙を拭った。瑞江が可一を見つめ、

「お知り合い？」

と言った。

可一は瑞江のたじろぐばかりに清婉《せいえん》な面差しと向き合い、何も言葉が浮かばず、ただ「へへえっ」と畏《かしこ》まって頭を垂れた。

「お志奈、いきましょう」

瑞江が真っ先に堤を下りた。

お志奈がぴたりと続き、羽曳、梅吉、そして可一が従った。

船頭が入れ替わりに堤の雁木《がんぎ》を上ってきて、瑞江とお志奈とすれ違いざま、ちらと見た頰かむりの顔が笑ったかのようだった。

お志奈が渡し板の途中から駆け出し、

「三太郎さん」

と呼びかけて、瑞江をおいて船の艫へ乗り移った。

「奥方さま、お戻りを……」

と、言った羽曳を見向きもせず瑞江も船に乗りこんだから、羽曳は呆《あき》れ顔になって吐息をもらすしかなかった。

やっかいな奥方さまだぜ、と梅吉と顔を見合わせた。

屋根船は間近で見ると意外に大きく、小柄なお志奈が操るのはむつかしそうに見えた。胴船梁《ふなばり》と表船梁に柱を立て、上棟《じょうとう》、上桟《うわざん》、〆板《しめいた》の日除《ひよ》けの屋根に前と後ろは破風《はふ》と鴨居《かもい》、四周に廻した鴨居に前後は二枚、左右は三枚の腰障子が閉じられてある。

お志奈が胴船梁の腰障子を開け放って屋根の下へ飛びこんだ途端、

「あんたあっ」

と、悲鳴にも似た声があがった。

瑞江は胴船梁のところに膝立ちに身をかがめ、日除け屋根の下をのぞきこんだが、無残なものを見たかのように眉間を曇らせた。

羽曳が桟橋の船縁側から障子を両開きにした。

可一は梅吉と羽曳の後ろから、屋根の下を見て息を飲んだ。

お志奈がぐったりと仰向《あおむ》けに横たわった三太郎の首筋へ両腕を巻き、壊れ物を大事に抱き上げるようにしていた。

三太郎の力なく頭を後ろへ落とした髪はざんばらで、見る影もなく腫れ上がった顔に目は埋もれてつぶれ、鼻筋は歪み、唇は固まった血で赤黒くただれていた。

着物の袖は片方がちぎれ、青あざだらけの手の指がつぶれているのがわかった。

顔色は竈《かまど》の灰のようにくすんで、耳から垂れた血が固まっていた。

「しっかりして。三太郎さん」

お志奈が三太郎の耳元で懸命に呼びかけた。

三太郎が生きているのか死んでいるのか、可一にはわからなかった。

「ああ、三太郎さん……」

お志奈の呼び声に咽《むせ》び泣きがまじった。

「お志奈、お志奈、三太郎さんは生きているの」

瑞江が後ろから言った。

「お志奈っ、三太郎は」

可一も夢中で質した。

お志奈は三太郎の首にすがって、わからない、と言うふうに首をふった。

「ちぇ、本庄の馬鹿野郎が、なんてことをしやがる」

羽曳が吐き捨てた。しかし顔をしかめたまま、

「お志奈、三太郎は生きているんだろう。死んじゃあいねえんだろう」

と、そわそわして言った。

お志奈は涙でくしゃくしゃになった顔をあげ、羽曳へ叫んだ。

「どうしてこんなひどいことをするの。無事にかえすって約束したじゃない。うそつき。それでも侍なの」

悲鳴にも似た怒りの声だった。

瑞江も羽曳も、梅吉も丈太も、そして可一も動けなかった。それ以上かける言葉を失っていた。

「うそつき」

血のしたたるようなお志奈の怒りの声に、河岸場は凍りついていた。

しかし、川は悠々《ゆうゆう》と流れ、彼方には鳥の声がさえずり、青空にはのどかに雲がたなびいている。

その日も、冬の初めの普段と変わらぬ日盛《ひざか》りを迎えていた。

すると、三太郎のあざだらけの腕がゆっくり持ち上がって、お志奈を抱くように背中へ廻った。

「さ、三太郎さんっ、気がついたのね。あたしだよ。お志奈だよ。助けにきたよ」

三太郎の頭が小さくゆれた。

赤黒くただれた唇が何かを言ったみたいに動いた。

お志奈にはそれが聞こえたのか、うんうん、と頷いた。

「お志奈、三太郎は生きているな。大丈夫だな」

羽曳がまた言った。

お志奈は三太郎を両腕で抱き締め、「よかった……」と声を絞った。

「丈太」

羽曳は身体のごつい丈太に、いけ、と合図を送った。

手筈《てはず》が決めてあるのか、丈太は「へい」と艫へ身も軽く乗りこんだ。

「奥方さま、ご無礼をお許し願いやす」

「え？」

と、瑞江がふりむいたとき、瑞江の後ろに片膝だった丈太が、日に焼けた太い腕を膝の後ろと背中に廻し、まるで紙風船を玩《もてあそ》ぶかのように瑞江の柳の身体を、ふわり、と青空へ持ち上げたのだった。

「あら、何？」

瑞江は呆気《あつけ》にとられた。

「へえ、奥方さま。畏れ入りやす」

丈太が畏まって言った。

「お志奈、三太郎はかえした。奥方さまはもらっていくぜ」

羽曳が喚いた。

「さっさとつれておいき」

お志奈が三太郎を抱いたまま、絶叫をかえした。

「お志奈、まだよ」

と、瑞江が慌てたが、

「はやくおいき」

と、お志奈には三太郎のことしか眼中になくなっていた。羽曳が可一へふり向き、

「見送りはここまでだ。いくぜ」

と、船側の腰障子をお志奈と三太郎を閉じこめるみたいに、ぴしゃん、と閉じた。

丈太が瑞江を抱いて軽々と桟橋へ上がり、梅吉が「戻るぜ」と可一の肩をどん

と突いたときだった。

川辺の水草の中や向こう岸の波間に浮いていた水鳥が騒がしく羽ばたき、丈太が瑞江を抱えて渡し板をゆらした。

どんどんどん……

丈太の足音が遠ざかり、可一がなぜか周囲を慄然《りつぜん》として見廻したときだった。

初めに、人気のない大川橋へ、濃紺の半纏と手甲、股引脚絆《ももひききゃはん》に拵え、鉢巻を締めた黒々とした町方の一隊が反《そ》り橋をとどろかせて走り上がるのが見えた。

同時に、河岸場の堤にばらばらと現れた町方が隊形《たいけい》を作り始めた。

のみならず、町方を十人ずつ乗せた艀《はしけ》が二艘、大川橋をくぐってするすると漕ぎ上ってきた。

みな手に黒い得物をかざしている。

物の焦げる不快な臭いが、かすかに流れた。

それが鉄砲だとわかるまでに間はなかった。

だが、可一より先に瑞江が丈太の月代をおさえ身体をのびあがらせて叫んだ。

「逃げなさい。お志奈、逃げなさい……」

瑞江を抱いた丈太は軽々と雁木《がんぎ》を駆け上がり、町方の隊列の奥へ走りこんでいく。

「お志奈あっ」

声を張りあげた可一の身体を抱え上げるように、梅吉が引きずった。

「可一、終りだ」

羽曳が怒鳴った。

「小僧、手えやかすな。引っぱたくぞ」

梅吉が喚いた。

周囲の町方が一斉に銃を構えるのが見えた。

「うわあ……」

可一は恐怖におののいた。

「放てえっ」

と、誰かが言った。

かち、と火ばさみが火皿へ落ちる音を可一は確かに聞いた。

雷鳴が一瞬、可一の耳をつんざいた。

きいん、と耳が鳴った。

だがその一瞬から雷鳴《らいめい》は、地をゆらし、木々を震わせ、川波を逆だて、天を引き裂いて間断なく吠え轟《とどろ》いた。

可一はうつ伏せにかがみ、耳をふさいだ。

火薬が炸裂《さくれつ》する轟音《ごうおん》と熱気におののきながら、恐々《こわごわ》と河岸場を見下ろした。

白い煙が吹きつけ、目の前を白い晒の幕で覆ったみたいだった。

けれども、その白い煙の幕を透かして、河岸場にただ一艘つながれた屋根船ははっきりと見えた。可一はその光景に目を奪われた。

降りそそぐ弾丸の雨が、屋根船を小刻みにゆらしていた。

木片が屋根と言わず船縁と言わず桟橋と言わずそこかしこに飛び散り、船の周りの水面が白く波打ち、小さな水柱が立っていた。

おしなぁぁ……

獣《けもの》じみたそんな声が、銃声の隙間を縫って聞こえてきた。

六

屋根船は河岸場の三方より、撃ちすくめられた。

大川橋と堤の隊は撃ち下ろし、艀の一隊は屋根船を水平撃ちにした。

ずだだ……ずだだ……ずだだ……

と、最初の三回にわたる一斉射撃のあとは、およそ七十挺の銃がそれぞれに弾丸をこめなおしては新たに放たれ、河岸場に銃声が途絶えることはなかった。

日除けの屋根は、木屑《きくず》がぱしぱしとはじけ、薄い煙を噴き上げ、次々と灼熱の弾丸が貫いた。

上棟が折れ〆板がくだけ、みさおと上桟はばらばらになって桟橋や川面に降った。

さしたる間もなく、木片が飛び散り舞って、黒い皿のような穴が屋根のあちこちに空いた。四周にたてた障子は、木枠と障子紙が木枯らしに吹きつけられた枯れ枝みたいに震え、たちまち鴨居からはずれて屋根の下へ吹き倒された。

屋根と四本の柱だけが残り、陽炎《かげろう》のような煙が船の周りに上がっていた。

だが、残った柱も間断ない銃撃に打ちくだかれた。

表船梁の柱の一本が初めに折れ、鴨居が吹き飛ばされた。

続いてもう一本の柱が裂け、破風のところから屋根の前方が板子へ、がらりと崩れ落ちた。

屋根は見る見る木屑の固まり同然になっていった。

胴船梁の二本の柱も、このまま銃撃が続けば、胴船梁でかろうじて日除け船の形をとどめる屋根を支えることはできなかった。

舳が無惨に割れ桟蓋《さんぶた》が飛び、板子はささくれだって櫓床の櫓が折れて川へくるくると吹き飛んだ。

艫の船梁は跡形もなくなっていた。

船側の小縁はずたずたになり、上棚や喫水《きっすい》下の根棚《ねだな》あたりまで弾丸が撃ち抜き、船は震えながらかしぎ始めた。

ずだだだ……どんどんどん……ずだん、ずだん……

容赦ない銃撃は、止《とど》まるところを知らないかのようだった。

銃は南町から五十挺すべて、北町から二十挺が動員された。

桟橋の渡し板がはじけ、杭が折れ、木片が宙に舞った。

遠くからこのありさまを見守っていた群衆が、初めは呆然と見つめていたのが、そのうちに低いどよめきを波打たせた。

どれくらい銃撃が続いたのかもわからなかった。

ただ可一の頭は、激烈な銃声にさらされぼうっとした。

ぼうっとしていながら、崩落していく船と河岸場を見つめ涙があふれた。

やがて銃声は散発になり、それから止んだ。

とどろきを青空高く吸いとっていくかのような静寂《せいじゃく》が、河岸場を覆った。

傾いた船から薄く煙が上り、川面には細かな木片が漂った。

がちゃがちゃと音をたて、たった今まで火を吹いていた銃口が引き戻されていく。

そうして、大川橋からも堤からも鉄砲をかついだ町方の一隊が夢の中の亡霊みたいにぞろぞろと引き下がっていくのだった。

結局はわずかなときだった。

しかし、銃声の余韻《よいん》は耳にいつまでも残った。

鉄砲が引き下がった後に河岸場を呆然と見下ろしている奥方さまが、数名の町方に囲まれ佇んでいた。

町方がしきりに何かを勧めているようだったが、奥方さまは堤を動かなかった。

可一はおもむろに立ち上がり、周囲を見廻した。

羽曳の姿が見えなかった。

と、思う間もなく町家の一角より、羽曳が梅吉、丈太を率《ひき》いて忙《せわ》しない足どりで現れた。

続いて数名の人足が荷車をがらがらと引いて、小走りに出てくる。

前もって支度ができていたらしく、荷車には戸板と筵莫蓙《むしろござ》がつんであった。

何もかもが段取り通りに運んでいる、手慣れた様子に見えた。

羽曳は可一の側へきて、不機嫌そうに言った。

「こういう仕儀《しぎ》と相なった。文句あるか」

可一は言葉もなく、ただ首を左右にふった。

「亡骸《なきがら》を片づけるのですか」

「ほっとくわけにはいかねえからな」

「わたしも手伝います」

「そうかい。だが、知り合いだからって丁重に葬《ほうむ》る、というわけにはいかねえよ。何しろ奥方さまかどわかしの重罪人だからな」

梅吉と丈太が戸板に筵莫蓙を抱えた人足らを引きつれ、先に河岸場へおりていた。

可一は羽曳のあとに従い、河岸場へ下りた。

「亡骸は小塚《こづか》っ原《ぱら》に捨てることになるだろう。ただし、そっから先は誰がどうしようと、知ったこっちゃねえがな」

羽曳の背中が言った。

あたりには、くすぶった臭いがまだ残っていた。

幾つもの弾痕《だんこん》が、桟橋の渡し板を引き裂きささくれだった模様を残していた。

人足らが、桟橋の脇に傾いだ屋根船の残骸に乗りこんでいく。

胴船梁の柱を残して前に崩れた日除け屋根の下に白い障子戸が倒れていて、お志奈と三太郎の亡骸を隠していた。

残った屋根が今にも崩れそうなので、人足らが屋根を支えた。

「そっとやれ」

梅吉が人足らに声をかけた。そのとき、

「奥方さま……」

と堤の方に声が聞こえ、ふりかえると、堤の上に萌黄の羽織に家紋の入った胸当てをつけた華やかな扮装《いでたち》の侍が、鞭を提げ、河岸場を見下ろしていた。

周りを紺や暗い鼠《ねずみ》色の羽織に袴の侍らが囲み、みな黒塗りの笠をかぶっていた。

お奉行さまだ……

可一はお奉行さまの顔を知らないけれども、そう思った。

ならばこの始末はお奉行さまのお指図なのだ、とも知れた。

周りの侍は町方与力に違いなかった。

そのお奉行さまの側へ奥方さまがつつしみもなく歩み寄っていて、黒塗り笠のひとりの与力がそれを諌《いさ》めている素ぶりだった。

「おつつしみくだされ」

言葉つきや仕種《しぐさ》から、年配の与力に思われた。

お奉行さまを囲む与力らが奥方さまに前を開け、頭を垂れた。

奥方さまは町家の旅姿の風体に菅笠をかぶったままだったが、身体をやや反らし気味に進み、お奉行さまと向き合っても菅笠をとらなかった。

その仕種は高慢だけれども、どこか、意地っ張りな町娘が父親に逆らって啖呵《たんか》でもきりそうな無邪気さが感じられた。

奥方さまの言葉は聞きとれなかった。

しかしお奉行さまは奥方さまへ向きなおり、物静かに悠然とかえしていたが、お奉行さまの言葉もやはり聞こえなかった。

「可一、こい」

羽曳に呼ばれた。

半ば以上が崩落し無残な姿をさらす日除け屋根の下に、人足らがかがんで二つの亡骸の周りを囲んでいた。

お志奈と三太郎の並べられた足だけが、人足の間に見えた。

板子に血痕が広がっていた。

無惨な姿を見るのは忍びなかったけれど、可一はお志奈と三太郎を密《ひそ》かに弔ってやるつもりだった。

可一は掌を合わせ、黙禱《もくとう》した。

「こっちへきて見ろ」

羽曳が可一に、近くにこいと呼んだ。

そして邪魔な木片を、からん、ととり払った。

人足の背中の間にお志奈と三太郎が並んでいた。

三太郎の亡骸には筵莫蓙がかぶせてあったが、お志奈にはまだかぶせられていなかった。

そのとき可一は、「あっ」と息をもらし、声を失った。

お志奈の童女を思わせるつぶらな目と合ったからだ。

まるでお志奈は生きた人形みたいだった。

可一にいさん、と今にも呼びかけてきそうだった。

かける言葉はなかった。

ただ、よかった、せめて顔が綺麗なままで、という思いだけがこみ上げた。

しかしそれは束の間だった。

すぐにお志奈にも筵莫蓙がかぶせられた。

「よし、亡骸二つ、運び出せ」

羽曳がふてぶてしく言って、仏頂面《ぶっちょうづら》を堤へ投げた。

瑞江はこれまで、本気で人に腹をたてたことはなかった。

けれども、内与力の鈴木善兵衛が老いた目を潤ませ、

「奥方さま、ご無事で何よりでございました」

と、安堵《あんど》したかのように言うのが気に入らなかった。

何よりも、与力らに囲まれ平然と河岸場を見下ろしている夫に小腹《こばら》がたった。

よくもこんなひどいことができたものね、と夫の事もなげな様子が小憎《こにく》らしく、あの頬を打ってやりたいと、今度ばかりは思った。

この夫の元に後添えに入って三年目の、初めてのことだった。

瑞江は善兵衛には応えず、夫の側へつかつかと歩み寄った。

「奥方さま……」

善兵衛がいつものどかな瑞江の不機嫌に驚いたようだった。

与力らは、みな下がり、瑞江に道を開けた。

夫はとうに瑞江に気づいていて、鞭を脇にだらりと下げた立ち姿のまま顔だけをおだやかに向けた。

喜怒哀楽の情を露わにせぬ、普段と変わらぬ夫の顔つきだった。

武家の奥方としての粗忽《そこつ》をなじる言葉も、いたわりの言葉もなかった。

小さく頷いた。それだけだった。

瑞江は優しい気持ちになれなかった。

「どうして、ここまでなさる必要が、あったのですか」

瑞江の言葉に、夫は眉ひとつ動かさなかった。

とり巻く与力らが怪訝《けげん》な顔つきになった。

「ささやかに暮らしたいと願っただけの貧しい端女の妻と夫に、この仕打ちはひどすぎると、思わないのですか」

「お言葉を、おつつしみくだされ。すべては奥方さまのためでござる」

背後で善兵衛が瑞江をたしなめ、なだめた。

すると夫が善兵衛を制して、冷ややかに応えた。

「これは役目だ。武士には、こういう役目を果たさねばならぬときがある」

静かにひと呼吸をおき、続けた。

「それだけだ」

腹立たしさは、収まらなかった。

じっと夫を睨んだ。

それ以上言葉が出てこなかった。

不意に、仕方がないわね、と諦めるしかないと思った。

事なかれ、と役目を重んじるこの夫の気質は知っている。

それを承知で、十七、年の離れたこの夫の後添えに入る決心を瑞江はした。

侍の性根《しょうね》とはなんだろう、と瑞江は考えた。

武骨で融通の利かぬ、ひたすらお役目ひと筋の面白みのない、それでいて私心を捨て、どのような役目であっても自分のなしたふる舞いは自分で責任をまっとうする潔《いさぎよ》さが侍らしさなのか。

だとすれば、この夫はどういう侍なのだろう。

屋根が半ば崩れた船から、亡骸を乗せた二枚の戸板を人足らが運び出した。

亡骸には筵莫蓙がかぶせてあって、先ほどの同心やお志奈が「可一にいさん」と言っていた若い男や、壮漢の手先が側についていた。

自分を抱き上げたまま堤まで走り上がった、あの逞《たくま》しい手先の姿も見えた。

瑞江は、お志奈はどんな気持ちでわたしをかどわかしたのかしら、と次に考えた。

考えるうちに、腹立たしさや怒りが急に空《むな》しくなり、悲しさに変わっていった。

怒っているはずなのに、なぜか悲しみや寂しさがこみ上げてきた。

腹立たしく怒りを覚えても、自分はこの夫と同じなのだと、瑞江にはわかった。

ふと瑞江は、物心がついてからこれまで、考えたこともなかった何かを考え始めている自分に気づいて、真新しい着物を着たような真新しい驚きを覚えた。

お志奈、ごめんね……

そのとき、かろうじて残っていた日除け屋根が、音をたてて崩れ落ちた。

# 結　さねかずら

## 一

天王町の地本問屋《栗田屋》から、十月の三日に花川戸町西河岸であった南町奉行・奥方さまかどわかしの一件落着にいたる顚末《てんまつ》を描いた読売が売り出され、飛ぶように売れた。

奉行所の果断なる断固たる度肝を抜く始末だったが、それも数日がすぎていけば気の変わり易《やす》い江戸庶民の話題から早《は》や消えつつあった。

そんな十月半ば朝、当番方の与力率いる同心と中間、小者ら南町奉行所の二十名近い捕り方が風光明媚《めいび》な隅田堤にある安佐野家の寮の門前に居並んでいた。

その日、寮では賭場は開かれなかったし、これからも開かれることはなかった。

だが、捕り方の目当ては寮で開かれてきた賭場のとりしまりではなかった。

先月末、隅田川に浮いていた隅田《すだ》村百姓・民吉殺しのかどにより、寄合旗本の安佐野家用人・本庄虎右衛門と、民吉殺害にかかわったと思われる寮の警護役と称する不逞《ふてい》の輩《やから》らだった。

先だって、浅草花川戸町と山之宿町の境の人情小路において、花川戸町にて手習師匠を営む下館浪人・高杉哲太郎へ狼藉《ろうぜき》に及び、逆に深手を負った上州伊勢崎浪人・村井山十郎をとり調べた結果、民吉斬殺《ざんさつ》の経緯が判明した。

寒気の下りた隅田堤に居並ぶ捕り方は、寮の表門より冬の朝の紺色の川筋をみはるかしていた。隅田川のこの堤は、武蔵の大地を潤《うるお》す豊かな流れを守りつつ、はるばると熊谷《くまがや》から続いている。

その捕り方を率いる南町の若い当番方与力は、捕縛《ほばく》する当人が旗本に仕える用人という役目に、これまでにはなかった緊張を覚えていた。

武家屋敷、寺社の敷地内は町方支配ではなく、たとえば武家に属する者が罪を働いた場合の捕縛は、家の者が当人を捕え門外へ引き出し、門外で待ち構える町奉行所の捕り方が改めて捕縛し直すという手順を踏むのである。

難しい役目ではないが、武家を相手にするため粗相があってはならず、捕り方を率いる与力には気の張る務めであった。

安佐野家では、お家の台所を任せている用人・本庄虎右衛門が隅田村百姓・民吉殺害にかかわった疑いありとの町方奉行所よりの告知に驚き畏れ入り、早急に対処いたすとの返事があった。

安佐野家が改めて本人に問い質《ただ》した結果、民吉殺害のみならず、隅田村の安佐野家寮において、本庄ら一部の者が不逞の浪人どもと結託し賭場を開いていた実事も新たに判明し、本庄及び寮に屯《たむろ》する不逞の浪人どもを町方に引き渡す申し入れがあった。

さらにこの結果を受け、寮で密《ひそ》かに行なわれていたため知らなかったとは言え、家臣の不始末、家中とりしまり不行届きに対し、安佐野家当主が三味線堀の屋敷に自ら謹慎《きんしん》し支配役のお指図をお待ちいたす所存、という姿勢を示した。

それが安佐野家の返答ならば、町方がとやかく言う筋合いではなかった。

公儀直参の旗本・安佐野家よりの重役への働きかけが様々にあった、という噂《うわさ》も流れたけれども、町方がそれを詮索してもむだである。

ともかくその朝、当番与力率いる捕り方が隅田村の寮の門前で本庄らの引き渡しを受け捕縛する、という手順を遺漏《いろう》なきよう踏むばかりだった。

やがて刻限になり、寮の門内より安佐野家に代々仕える老臣が裃《かみしも》姿で現れ、当番方与力に腰を折り、

「お役目、ご苦労さまにござります。少々手違いがございましたので、ご検分のためどうぞお入りくだされ」

と、老練な口ぶりで言った。

手違い、と聞いて若い当番与力はいっそう気を張り、率いる同心と目を合わせた。

しかし老臣は落ちついて、「何とぞ」と与力を促した。

老臣に従い、与力と三名の同心が門内に入った。

木々の手入れがいき届いた前庭を通って、導かれたのは古い百姓家の納屋を思わせる茅葺《かやぶき》の土蔵のある裏庭の一角だった。

土塀ぎわに筵茣蓙をかぶせられた亡骸《なきがら》が二体横たわっていた。そしてその周りに安佐野家の家人と思われる侍らが数名いて、亡骸の番をしているという様子だった。

与力は「まさか」と内心思った。

「亡骸のひとつは安佐野家用人・本庄虎右衛門でござる。今ひとりは本庄の手の者にて……」

老臣が述べ、

「ご検分を」

と、続けた。

与力は同心らと目配せし、筵莚蓙の傍らへかがんだ。

二体の亡骸は、明らかに屠腹《とふく》の形をとっていたが、刀疵《かたなきず》も見られた。

「手抜かりでござった」

老臣が言った。

「事が判明したときは不逞の浪人どもは殆《ほとん》どが行方をくらましており、ようやく一名を探し出したのがこの者で、本庄ともども拘束しておりましたが、本日、町方へお引き渡しする手筈《てはず》が、われら、わずかに目を離したすきに両名とも屠腹いたした次第です。申しわけござらん」

「屠腹のほかに、刀疵がありますね」

与力はせめて言った。

「両名ともすぐに絶命にはいたらず苦悶《くもん》いたしており、武士の情け、やむを得ずとどめをわれらの手で」

老臣はそう言って、また腰を折った。

この刀疵がとどめだと、と与力は思ったものの、それ以上は質さなかった。

「そういうことかい」

事の顚末を知らされた羽曳は、とひと言思っただけである。

何も変わらず、廻《まわ》り方《かた》の仕事を今日も今日とて続けるのみである。

翌日の夕刻六ツ（午後六時頃）前、可一と高杉がまだほかには客のいない隅田堤の一膳飯屋《みかみ》で、いつものように呑《の》み始めたときだった。

表戸がおもむろに開いて、羽曳が薄気味悪い顔をのぞかせた。

「いいところにいた」

羽曳は可一と高杉にその顔よりも薄気味悪く笑いかけ、手先の梅吉、丈太ともにのそりのそりと店土間へ入ってきた。

「女将《おかみ》、酒だ。それと可一と高杉先生にもな」

羽曳は高杉の隣へ気安く腰かけ、「いらっしゃいませ」と、調理場の出入り口に架けた暖簾《のれん》を払って顔を出したお富に言った。

梅吉と丈太は可一の隣へかけた。

吉竹が仕切りの棚の間から、羽曳に、

「どうも、旦那、おいでなさいまし」

と、愛想笑いを寄こした。

「お、吉竹。今夜は可一と高杉先生におれのおごりだ。どんどん持ってきてくれ」

羽曳が機嫌よく言った。

「承知しました。なんぞ、めでたいことがありましたか」

「そうよ。おれにとっちゃあそうでも、片一方にとっちゃあこれもんだがな」

羽曳は拳で屠腹の仕種《しぐさ》をして見せた。

「おや、誰がこれもんにです？」

「安佐野家用人・本庄虎右衛門だよ。野郎、詰腹《つめばら》をきらされやがった。てめえできったかどうか、それはわからねえがな。どっちにしろ、三太郎の仇だ。なあ、可一。高杉先生、ぱっとやってくれ、ぱっと」

羽曳は可一と高杉のちろりを勝手にとって高杉に差した。

「先生、聞いたぜ。あんた、凄腕《すごうで》なんだってな。先生がざっくりやった村井山十郎がさ、まったく歯がたたなかったと、泣いてやがった。知ってるかい？　どうにか命はとり留めたが、村井の右腕はないも同然だ」

「村井という男はわたしを頭から見くびっていました。わたしみたいな者に負けるわけがないと思っていた。その油断が勝負を分けたのです。運がよかっただけです」

「運がいいだけでああはならねえ。おれだってちったあ剣術はやったんだ。それぐらいはわかるぜ。おめえもわかるだろう、可一」

そう言って羽曳は、ちろりを可一に廻した。

「は、はい。わかります。あれは凄かった」

「ほらみろ、先生。そうそう、凄腕で思い出したのはな、この秋の初め、向島で下館の侍が八人ばかり、殆ど一刀の下に斬られたもの凄い斬り合いがあった。あの一件は今でも誰がやったかわからねえが、先生の腕前ならできるんじゃねえか」

「さあ、どうでしょうか」

と、高杉は殊さら打ち消しもせず、ゆったりと微笑《ほほえ》み猪口《ちょこ》を舐《な》めていた。

「もっともあの一件は町方が武家屋敷を調べるわけにはいかねえんで、こっちはもうどうでもいいんだがよ。このたびの安佐野家の始末も、まあ、似たようなもんだ。いひひひ、そうだよな、梅吉」

梅吉がにやにやしながら、「そうでやすね」と応えた。

お富が新しく燗《かん》をしたちろりと肴《さかな》の煮物を運んできて、「きたきた。みんな景気よく呑め」と、羽曳は上機嫌だった。

「羽曳さん、本庄虎右衛門というお侍はなんの罪で屠腹したんですか」

可一が訊《き》いた。

「だからよ、隅田村の民吉殺しの一件さ。村井がぜんぶ白状したんだ。かくかく云々《しかじか》で本庄の指図でやりましたってな」

素性の知れない村井は、花川戸町の町内あずかりで、町内の医師の元で疵の手当てを受けた。ようやく上体が起こせるほどに回復した一昨日、羽曳が事情を訊き、事が判明したのだった。

「でもって昨日、生きのいい若え与力が軍勢を率いて安佐野家寮へ押し寄せた。ところが本庄は町方に捕縛されると知って、直前に自ら屠腹して絶命。民吉殺しは一件落着。でおれは、先だっての奥方さまかどわかしの一件落着に続いてのお手柄に、その方の働きなのめならずと、お奉行さまよりお褒めの言葉とご褒美を、本日、いただいたってわけさ。むろん、梅吉と丈太にもちゃんと褒美は分けたぜ」

「へえ。旦那のご厚意で、あっしらもいただきやした。ありがてえことで」

　それは丈太がにんまりして言った。

「しかし、可一と高杉先生だ。奥方さまかどわかしと民吉殺しは根っ子は同じで、一件落着にあんたらの助けが大いに役だった。けど、二人に分けるほど褒美は残っちゃいねえし、そいつあ幾らなんでも申しわけねえと、おれの気持ちが収まらねえ。せめて一杯おごらせてくれよと、本日はそういう次第さ。さあ、呑んだ呑んだ。吉竹、おめえも一杯つき合え。みかみにも世話になった」

「そういうことなら、遠慮なくいただきましょう。なあ、可一さん」

「いただきましょう」

　と、五人は賑やかに猪口を繰りかえし乾《ほ》した。

「ところで、寮で開かれていた賭場の件はどうなったんですか。あれは本庄という用人が仕きっていて、安佐野家では上がりの寺銭で台所がずいぶん潤ったと聞いています。ご法度《はっと》かもしれませんけれど、それは本庄という用人の手柄ではないのですか」

　可一は何杯か乾したあとに訊いた。

「そこら辺のことは、言いっこなしだ。いわゆる、大人の対応さ」

羽曳は悪びれもせず、磊落《らいらく》に笑った。

「だが、村井山十郎はたぶん助かるめえ。せっかくとりとめた命が、指の間からぽろっとこぼれ落ちるんだ。それと、本庄とつるんでいやがった小泉という同心がいるんだがな」

「小泉さんは知っています」

「知っているかい。いやみな野郎だろう。その小泉が平同心に格下げになった。人の世は一寸先は闇だぜ。ざまあ見やがれ」

羽曳はいやみったらしく笑ったが、その件ではあまり楽しそうではなかった。

ただ、猪口を持ち上げた手を止め、

「これでお志奈も、亭主を失《な》くした恨みが少しは晴れただろう。そうじゃねえか」

と、意味ありげな言葉を寄こした。

可一は応えず、微笑んだだけだった。

「恨みの半分は奉行所、もう半分は安佐野家用人・本庄とその一味。本庄らがくたばって、恨みの半分の相手はいなくなった。残りの半分の奉行所は消えねえが、そっちは罪もねえ奥方さまをかどわかした一件で、双方、痛み分けってえことでいいんじゃねえか」

双方、痛み分け――と、可一は頭の中で羽曳の言葉を繰りかえした。

「それで、羽曳さんは……」

言いかけた言葉を、最後まで言わなかった。

みな知っているが、それは口にしないようにしていることだった。

羽曳は猪口をあおった。そして、

「ふう、美味《うめ》え」

と、言った。

二

新鳥越町は奥州街道筋東側の裏町に、妙高山円常寺《みようこうさんえんじようじ》という日蓮宗《にちれんしゆう》の寺がある。

十月のある日、その円常寺を南町奉行の奥方・瑞江が詣でた。

供には、瑞江が嫁ぐとき京からともに下向した奥づきの女中・沢野、そして奉行所奉公の足軽をひとり、従えていた。

京橋から船に乗って、大川へ出る。大川をさかのぼり、両国橋、吾妻橋の大川橋をくぐって浅草瓦町の河岸場で船を下りた。

奥州街道を三谷橋を越えて数町北へとり、浅草新鳥越町の円常寺に着いたのは昼下がりの九ツ半（午後一時頃）だった。

新発意《しんぼち》の案内で、瑞江と沢野の二人だけが僧房の奥まったひと部屋に通された。

墓地に続く裏庭があって、土塀の脇に季節が終りかけたさねかずらが赤い実をつけていた。

北風が吹いてさねかずらの実をゆらし、日はだいぶ寒くなった。

部屋には女が二人いて、瑞江と沢野を手をついて迎えた。

沢野は部屋の隅へ控え、瑞江と二人の女が静かに言葉少なに話すのを、すべてを心得て黙然と聞いているふうである。

庭の濡《ぬ》れ縁《えん》の障子が、冷たい風でかたかたとゆれていた。

陶《とう》の火鉢に炭火が熾《おこ》り、部屋をやわらかく暖めていた。

「さあ、手をあげて。寒くなりました。身体に障りはありませんか」

瑞江が二人に言った。

「奥方さまのお心遣い、お礼を申します」

二人のうち、年嵩《としかさ》の女の方が言った。

「すっかりよくなりました。ありがとうございます」

もうひとりの、こちらは童顔の愛くるしさのある若い女が言い添えた。

瑞江は微笑み、「よかった」と頷《うなず》いた。

「お志奈、あなたがすっかりよくなって、わたしも嬉しいわ。あなたには、ご主人の三太郎さんの分も生きてもらわなければ、申しわけありませんもの」

「とんでもございません。お奉行所のせいでも奥方さまのせいでもなく、あたしが考えのない愚かなことをしたために、あんなことになってしまったんです。間違ったのは、悪いのはわたしなんです」

「考えがなかった、愚かだった、と人はいろいろ言いますが、でもあなたは、ご主人を助けるために一所懸命でした。間違ったかもしれないけれど、あなたは自分の身は顧《かえり》みず、正直に生きたのです。あなたの気持ちは、間違いではありません」

瑞江は淡い笑みを浮かべて言った。

三方からの屋根船への銃撃が始まったとき、三太郎は「おしなぁぁ……」と吠《ほ》えて、お志奈に覆いかぶさった。

そうして屋根を貫き、障子を吹き倒し、柱を潰《つぶ》して打ちこまれた弾丸の雨を一身に浴び、お志奈を守り通したのだった。

それがろくでなしの三太郎の、苦労ばかりかけた女房への最後の最後にやった亭主らしいふる舞いだった。

お志奈は肩と足に疵を負っただけで、命をとり留めた。

二人の亡骸を片づける指図をした同心の羽曳甚九郎が、お志奈があの銃撃の中を疵を負いつつも生きのびたと知り、なぜかこっそりと助けた。

三太郎の亡骸は小塚っ原に埋められ、墓もない。

けれども、お志奈をおぶって可一が《入倉屋》へこっそりとつれて帰った。

この円常寺の部屋で疵の療養ができるようになったのは、瑞江の計らいだった。

瑞江はお志奈が生きていると羽曳よりひそかに伝えられ、胸の痛みがやわらぐのを覚えた。

それから瑞江は、羽曳に言って堂前の岡場所より須磨を救い出し、円常寺にお志奈とともに住まわせた。

「わたしなど、これ以上生きる値打ちはありません」

と、悲しむ須磨に瑞江は言った。

「そんなことはありません。生きる値打ちがあるから、あなたは生きているのです。わたしはそう思います」

瑞江の純朴な曇りのない言葉が、常敏を失った須磨の悲嘆をなだめた。

須磨は瑞江の勧めに従い、円常寺へ移った。そうして、疵ついたお志奈の介抱に意をそそいだ。

須磨とお志奈の行く末は、何も決まっていなかった。

夫を失った二人の女が、これからも生きていく、というそれだけだった。

二人のために何ができるのかしら、と考えるのが瑞江は楽しみになった。

障子に午後の日が降りそそいでいる。

瑞江は淡い笑みをお志奈から須磨へ向けた。

「須磨さんも、そう思いませんか」

「思います」

須磨が応えた。

「ほらね」

と、瑞江が言った。

「わたしはこれまで一所懸命に生きたことがなかったから、あなたたちの生きた証《あかし》がまぶしいのです。ですからわたしも、これからあなたたちを見習って、夫をちょっとだけ一所懸命、大事にしようと思っているのですよ。面白みのない夫ですけれど」

瑞江と須磨とお志奈は互いに顔を見合わせた。

それから、少し愉快そうに、何かしら楽しそうに、ほのかに満ち足りたように、ひっそりと笑ったのだった。

風が三人の嫋《たお》やかな笑い声につられ、ひそひそと障子をゆらした。

庭のさねかずらの木も、誰にも知られず風と戯れていた。


同じ日、花川戸町と山之宿町の最合《もやい》の自身番の書役を勤める可一は、自身番の町内提灯《ぢようちん》の架かっている壁際の文机《ふづくえ》に向かって自身番日記を広げていた。

いつも朝、自身番へきてまず書き入れる自身番日記に、その日は朝から急な用がたてこんでまだ何も記していなかった。

午後になってやっと落ち着き、自身番日記を開いた。

北風が吹いて腰障子をゆらしたが、自身番の中は火鉢に火が熾って暖かだった。

ふああ……

その日の店番の乾物屋の淳二郎《じゅんじろう》さんが退屈そうなあくびをした。

同じく店番の江戸前蒲焼《かばやき》の豊一《とよかず》さんが
「大きなあくびだね。顎がはずれるよ」

と、からかった。

当番の藤兵衛《とうべえ》さんが煙管《キセル》に火をつけた。煙をふかし、

「あくびが出るくらい退屈だってえことは、町内つつがなしってことだから、まあ、いいんじゃないかい」

と笑いながら、淳二郎さんのあくびがうつって、ふああ……と大きなあくびをした。

「そうっすよねえ」

と、豊一さんも二人に負けない大きなあくびで続いた。

文机に向かっている可一は、三人があくびをするのを背中で聞き、小さく笑み

今日もつつがなしか——と可一は呟《つぶや》いた。
今年も冬がきて、朝晩はうんと寒くなった。
東仲町の地本問屋の《千年堂》さんから、もうすぐ読本の三作目が売り出される。
「先生、三作目が勝負ですぜ。物書きの、正念場ですぜ」
千年堂の嘉六さんは、笑いながら言った。
頑張ったかい、可一、自分に訊いた。
応《こた》えはわからない。
ただ、ふう、と溜息《ためいき》が出て、胸が鳴った。
可一は硯《すずり》箱の筆をとった。
少し考えてから、筆を自身番日記へ下ろした。
十月二十一日　天気晴朗　本日北風やや強し
すらすらと白い紙面へ筆をすべらせた。
を浮かべた。

注・本作品は、平成二十四年十月、二見書房より刊行された、『女房を娶らば
花川戸町自身番日記2』を著者が大幅に加筆・修正したものです。

一〇〇字書評

切り取り線

**購買動機**（新聞、雑誌名を記入するか、あるいは○をつけてください）

□（　　　　　　　　　　　　　　）の広告を見て
□（　　　　　　　　　　　　　　）の書評を見て
□ 知人のすすめで　　　　　□ タイトルに惹かれて
□ カバーが良かったから　　□ 内容が面白そうだから
□ 好きな作家だから　　　　□ 好きな分野の本だから

・最近、最も感銘を受けた作品名をお書き下さい

・あなたのお好きな作家名をお書き下さい

・その他、ご要望がありましたらお書き下さい

| | | | | | |
|---|---|---|---|---|---|
| 住所 | 〒 | | | | |
| 氏名 | | 職業 | | 年齢 | |
| Eメール | ※携帯には配信できません | 新刊情報等のメール配信を<br>希望する・しない | | | |

この本の感想を、編集部までお寄せいただけたらありがたく存じます。今後の企画の参考にさせていただきます。Eメールでも結構です。

いただいた「一〇〇字書評」は、新聞・雑誌等に紹介させていただくことがあります。その場合はお礼として特製図書カードを差し上げます。

前ページの原稿用紙に書評をお書きの上、切り取り、左記までお送り下さい。宛先の住所は不要です。

なお、ご記入いただいたお名前、ご住所等は、書評紹介の事前了解、謝礼のお届けのためだけに利用し、そのほかの目的のために利用することはありません。

〒一〇一-八七〇一
祥伝社文庫編集長　坂口芳和
電話　〇三（三二六五）二〇八〇

祥伝社ホームページの「ブックレビュー」からも、書き込めます。
www.shodensha.co.jp/bookreview

祥伝社文庫

女房《にょうぼう》を娶《めと》らば　花川戸町自身番日記《はなかわどちょうじしんばんにっき》

令和 2 年11月20日　初版第 1 刷発行
令和 2 年11月30日　　　第 2 刷発行

著　者　辻堂《つじどう》 魁《かい》
発行者　辻　浩明
発行所　祥伝社《しょうでんしゃ》
東京都千代田区神田神保町 3-3
〒 101-8701
電話　03（3265）2081（販売部）
電話　03（3265）2080（編集部）
電話　03（3265）3622（業務部）
www.shodensha.co.jp

印刷所　堀内印刷
製本所　ナショナル製本
カバーフォーマットデザイン　中原達治



Printed in Japan ©2020, Kai Tsujidou ISBN978-4-396-34692-8 C0193

## 祥伝社文庫の好評既刊

辻堂魁
**神の子** 花川戸町自身番日記

浅草花川戸の人情小路に暮らす人々の健気で懸命な姿を、自身番の書役可一の目を通して描く感涙必至の時代小説。

辻堂魁
**風の市兵衛**

さすらいの渡り用人、唐木市兵衛《からきいちべえ》。心中事件に隠されていた奸計《かんけい》とは？　〝風の剣〟を振るう市兵衛に瞠目！

辻堂魁
**雷神** 風の市兵衛②

豪商と名門大名の陰謀で、窮地に陥った内藤新宿の老舗。そこに〝算盤《そろばん》侍〟の唐木市兵衛が現われた。

辻堂魁
**帰り船** 風の市兵衛③

舞台は日本橋小網《こあみ》町の醤油問屋「広国《ひろくに》屋」。市兵衛は、店の番頭の背後にいる、古河《こが》藩の存在を掴むが――。

辻堂魁
**月夜行《つきよこう》** 風の市兵衛④

狙われた姫君を護《まも》れ！　潜伏先の等々《とど》力《ろき》・満願寺《まんがんじ》に殺到する刺客たち。市兵衛は、風の剣を振るい敵を蹴散らす！

辻堂魁
**天空の鷹《たか》** 風の市兵衛⑤

息子の死に疑念を抱く老侍。彼の遺品からある悪行が明らかになる。老父とともに、市兵衛が戦いを挑んだのは⁉

# 祥伝社文庫の好評既刊